KB005267

장주원 초단편 소설집

ㄱㅋㄱ

장주원 초단편 소설집

ㅋㅋㅋ

초판 1쇄 발행일 2014년 7월 25일
초판 3쇄 발행일 2015년 12월 25일

지은이 · 장주원
그린이 · 변병준

펴낸이 · 김종해
펴낸곳 · 문학세계사
주소 · 서울시 마포구 신수로 59-1(121-110)
대표전화 · 702-1800, 팩시밀리 · 702-0084
이메일 · mail@msp21.co.kr
홈페이지 · www.msp21.co.kr
www.seein.co.kr(계간 시인세계)
출판등록 · 제21-108호(1979.5.16)

값 14,000원
ISBN 978-89-7075-587-8 03810

장주원 초단편 소설집

글 장주원 | 그림 변병준

문학세계사

차례

ㅋㅋㅋ

장주원의 초단편 소설집 『ㅋㅋㅋ』 출간을 앞두고 감사한 분들을 떠올려 봤습니다. 단 한 사람도 떠오르지 않아서 깜짝 놀랐습니다. 어쩌면 당연한 일일 것입니다. 이 책은 순전히 저의 재능과 노력만으로 만들어진 것이니까요. 부모님, 출판사, 친구들, 전 여친들, 그리고 페친 여러분이 주신 도움과 성원은 한없이 0에 가까워 편의상 그냥 0으로 처리해 버릴 수밖에 없을 만큼 미미한 것이었음을 겸손하게 고백하면서, 이 책의 출간 의의를 다음과 같이 밝힙니다.

첫째, 돈입니다. 돈 벌고 싶습니다. 많이 벌고 싶습니다. 떼돈 벌면 차부터 바꿀 것입니다. 벤츠 사서 뽐내고 다닐 것입니다. 그 정도는 누려야 한다고 생각합니다. 돈을 위해서라면 출근 시간에 테헤란로 한복판에서 똥을 쌀 수도 있습니다. 절세를 넘어 싸나이답게 탈세까지도 시도하고 싶은 심정입니다.

둘째, 섹스입니다. 이 책을 통해 얻어진 유명세로 더 나은 성생활을 추구하고자 합니다. 여기서 더 나은 성생활이란 여러 가지를 의미할 수 있겠지만 질적인 향상과 양적인 팽창이 그 핵심일 것입니다. 서점에 가서 제 책이 진열된 곳 옆에 서 있다가 이쁜이가 나타나면 '아 이거 쓰느라 고생했는데 콜록' 이라든지 하여튼 어떻게든 성교의 기회를 만들기 위해 혼신의 힘을 다할 생각입니다.

　셋째, 명예입니다. 평생 좆밥으로 살아오느라 힘들었던 지난 시간을 보상받고야 말겠습니다. 이제는 대접받는 삶이고 싶습니다. 책이 나오는 즉시 국내 100대 게시판에 제가 타인 명의로 홍보 글을 올릴 것입니다. 가짜 ID를 만들기 위한 주민등록번호도 이미 충분히 확보해 두었습니다. 하루에 삼천 개씩 올릴 것입니다. 올리다 올리다 피를 토하며 쓰러지는 한이 있어도 멈추지 않을 것입니다.

　감사합니다.

2014년 여름 뉴욕에서 장주원

작가의 변便

어떻게 해야 베스트셀러를 쓸 수 있을까. 모름지기 베스트셀러란 그 시대가 원하는 것, 즉 '시대정신'을 반영하는 책일 것이다. 작금의 시대정신을 철저하게 분석하여 그걸 담아 낸 '맞춤형 소설'을 써 보자. 일단 지난 몇 년 간의 베스트셀러 흐름을 생각해 본다. 먼저 '힐링'이 떠오른다. 감성 터지는 아포리즘으로 무장한 영혼의 닭고기 수프로 고된 인생살이에 지친 독자들의 가슴을 존나리 애무하면 최소한 기본은 먹고 들어갈 것이다. 그렇다면 '처음엔 잘 나가던 주인공이 좆망한 다음 다시 일어서서 힐링되는' 걸로 스토리의 큰 그림을 일단 그린다.

그 다음 '부자 되기' 열풍을 생각한다. 사실 이것만 한 흥행 보증 수표도 없다. 어떻게 해야 부자가 될 수 있는지를 소설 속 주인공의 삶을 통해 보여 주는 것이다. 부자가 되는 길은 역시 주식 아니면 부동산이다. 주인공의 직업을 펀드매니저로 하여 각종 주식 투자 정보는 물론, 심지어 우량주 추천까지 막 집어 처넣자. 그러다 쪽박 차고 개고생하다가 부동산 업자로 재기, 금싸라기 땅을 찾아 전국을 돌아다니는 로드무비로 후반부를 채우자.

명색이 주인공인데 돌아다니면서 섹스를 안 할 수 없다. 시마 과장만 섹스하란 법 있는가. 다양하게 좀 하자. 왕년의 야설 독자들을 위한 '부끄부끄 디테일 섹스', 아직은 낭만을 믿고 싶은 20대 여성들을 겨냥한 '사랑의 감성 붕가', 고개 숙인 50대와 권태기에 빠진 중년들을 위한 '이혼 방지용 카마수트라 섹스' 등등 다양하게 좀 하자. 각종 체위 정보도 도표와 함께 그려 넣자.

물론 땅만 보고 섹스만 하면 인간이 아니라 짐승일 것이다. 바야흐로 '인문학' 시대 아니던가. 일단 유홍준의 『나의 문화유산 답사기』 비슷하게, 가는 곳마다 그 지역의 역사와 전통문화는 물론 맛집 정보도 덤으로 우겨 넣자. 철학 전공 친구도 하나 만들어 시도 때도 없이 라캉거리고 지젝거리고 들뢰즈거리게 하고, 심리학 전공 친구에게는 『설득의 심리학』스러운 인간 조종법을 자꾸만 씨불이게 하자. 얘네랑 대화할 때마다 입시 논술에 나올 듯한 주제들을 집중적으로 다뤄 좆고딩 호갱님들의 코 묻은 돈도 갈퀴로 쓸어 담자.

영원한 테마인 '가족'도 빼놓을 수 없다. 주인공의 나이 많은 엄마는 줘도 줘도 더 주고 싶어하는 전형적인 '우쭈쭈 내새끼' 스타일로 그려 독자들의 눈물샘을 압박해 주자. 아빠는, 어릴 때는 이해할 수 없었으나 어랍쇼, 나이가 드니 이제 이해할 수 있을 것도 같은, 옛날엔 존나 강했는데 이제는 뭐 등이 굽었다든가, 하여튼 뭐 그런 애잔한 캐릭터로 만들어 범국민적인 공감대를 형성하자.

틈틈이 야구장도 찾는 걸로 하여 우리나라의 바퀴벌레 같은 프로야구 팬들도 아우르자. 정치와 종교는 건드리지 말자, 한쪽을 얻으면 한쪽을 잃을 테니. 다만 문단에서 진보와 보수를 대표하는 이문열과 황석영의 추천사를 내가 가짜로 써서 책 뒤에 싣자. 소송 들어오면 '문단의 거목들이 좀 먹고 살아 보겠다고 발버둥치는 가난한 무명작가를 죽이려 한다', '이것은 파시즘'이라며 단식투쟁과 일인 시위를 벌이자. 여차하면 무릎에 패드 대고 황씨 집에서 이씨 집까지 삼보일배도 하자. 어차피 살도 빼야 하니 일석이조 아닌가. 또 뭐가 있을까. 아, 페이지마다 토익에 잘 나오는 영어 단어 하나씩을 뜻, 용법과 함께 써 넣자.

이러고도 베스트셀러가 못 된다면,

그건 세상이 잘못된 것이다.

베스트셀러를 쓰자

나는 '강남 좌파'다. 강남에 살고 있고 좌파 이념을 지지하므로, 명목상 분명 그렇다. 나는 '고소득층 증세', '재벌 개혁', '최저임금 인상', '상속세 강화' 따위를 늘 이야기하며, '반미 자주'나 '친일 재산 환수'도 빼놓지 않는 레퍼토리다. 술자리에선 가끔 객기 부리듯 북한 '찬양'도 한다. 보통 '강남 좌파'는 위선과 허위의 대명사처럼 일컬어지지만, 적어도 내 경우엔 두 개의 조건이 서로의 부정적 이미지를 상쇄시켜 좋은 것만 남기는 효과를 갖는 것 같다. 미국 명문대에서 박사까지 한 사람이 외치는 '반미', 일류대학 경제학 교수가 말하는 '상류층 증세', 강남에서 태어나 지금도 강남에서 가장 비싼 아파트에 사는 이가 던지는 '강남 비판'이, 마치 '서울대 출신의 서울대 비판'처럼 설득력을 배가시키는 것이다. 그래서 나는 '좌파'로 산다. 내가 좌파, 혹은 빨갱이가 아니라는 걸 알고 있는 건 오직 한 사람—나 자신 뿐이다.

나는 1963년 서울에서 출생했다. 아버지는 외과 의사이자 병원장이셨고 어머니는 영문학과 교수셨다. 부유한 환경이었다. 재수 없게 들리겠지만, 머리도 좋았다. 그 흔한 사춘기조차 없이 탄탄대로를 걸어 서울대에 진학했다. 거기서 첫 시련을 만났다. 때는 전두환이 청와대에 입성한 지 얼마 되지 않은, 바야흐로 '운동권 시대'였던 것이다. 민족, 자주, 통일, 민중, 계급…그리고 광주. 단 한 번도 생각해 보지 않았던 낯선 주제들이 한꺼번에 나를 덮쳤다. 한동안 서클 선배들에 끌려 데모도 하고 '빨간 책'도 읽었다. 오래는 아니었다. 나는 나와 맞는 것과 맞지 않는 것을 아주 빠르게 구별해 낸다. 당신들의 그 순수한 열정이나 이상주의에는 박수를 보내지만, 저와는 맞지 않는 것 같군요. 곧바로 '배반', '변절' 같은 언어의 비수가 날아들었다. 웃기는 소리 마시길. 지주가 머슴의 편에 서는 것이야말로 변절이고 배반입니다. 그리고 미안하지만, 당신들은 결국 실패할 겁니다. 내기 해도 좋아요. 자연스러운 선택이었던 미국 유학. 공항엔 그들 중 누구도 배웅 나오지 않았다.

공부 머리는 타고났는지, 박사까지 마치는 데 5년밖에 걸리지 않았다. 운 좋게 학교에 티칭 포지션을 얻어 자리를 잡았고, 유학생이었던 여덟 살 연하의 아내를 만나 결혼을 하고 아이도 낳았다. 안정된 생활이었음에도 귀국을 결심한 것은 여든을 바라보는 부모님 때문이었다. 비록 모교는 아니었지만, 국내 두 손가락에 꼽히는 사립대학의 정교수 자리를 얻을 수 있었다.

15년 만에 돌아온 한국은 그러나 너무나도 달라져 있었다. 어두 컴컴한 골방에서 땟국물에 절은 옷을 입고 레닌과 마오와 혁명과 전복을 들먹이던 그 찌질한 선배와 동기들이 세상을 움직이고 있었다. 어설픈 외국의 이념을 이곳에 무리하게 적용시키려는, '그러므로 그렇게 되는' 게 아니라, '그래야 하니까 그렇게 되는' 식의 논리적 오류가 골수에 박힌 자들이 이제 기자, 대학 교수, 국회의원이 되어 떵떵거리고 있었다. 나는 처음으로 내 판단력을 회의했다—내가 시대를 잘못 읽었던 것일까?

얼마 후, 그들이 지지하고 그들을 지지하는, '단 한 번도 역사를 배신하지 않은' 남자가 대통령에 당선되었다. 크리스마스트리 대신 광화문 촛불이 세상을 밝히던 2002년의 겨울이었다.

독자를 상정하지 않은 고백문의 형식을 띤 이 글에서 굳이 위선을 떨 필요는 없을 것이다. 대학 때 그 이념 서클을 떠나던 순간부터 미국 생활을 정리하고 한국에 귀국할 때까지 내가 좌파적 이념에 경도되었던 적은 단 한 순간도 없었다. 그렇다고 해서 귀국 후 내가 사석에서 좌파적 발언을 하고, 신문에 진보 성향 칼럼을 쓰고, 트위터 상에서 진보 지식인의 한 사람으로 이름을 얻게 만든 그 모든 게 단지 대세에 영합하려는 정치적 계산만은 아니었다. 일종의 부채감도 있었다. 의사 아버지와 교수 어머니를 두지 못한, 그래서 제대로 교육을 받지 못한, 그래서 명문대를 가지 못한, 그래서 강남 주상복합에 살지 못할 뿐 아니라 그 자식들도 대단히 높은 확률로 비슷한 인생을 살게 될 이들에 대한 미안한 마음 말이다. 그 부채감은 보수 세력과 부자와 미국과 조중동을 깔수록 줄어들었고, 그럴수록 내 명성은 높아져 갔다.

그래서 나는 진짜 '좌파'가 되었을까?

미안하지만, 내가 표를 던지는 곳은 내가 신문 칼럼과 트위터에서 추상같이 비판하는 바로 그 보수당이다. 한 번은 그 당을 개처럼 몰아붙이는 칼럼을 퇴고하자마자 택시를 타고 투표소로 달려가 그당을 찍은 적도 있다. 부모님에게 물려받은 상가 건물과 공장 부지 등에서 월 임대료가 9천만 원 정도 나오는데, 늘 서민을 위한 찬가를 부르는 나지만, 세입자들을 대할 때면 얼음장 같은 비즈니스 마인드로 변한다. 사업이 망했건 뭐건 월세가 밀리면 보증금을 까고 다 떨어지면 명도 소송을 걸어 쫓아낸다. 어떤 눈물의 읍소를 해도 예외는 없다.

아들은 명문가 자제들이 다니는 초등학교에 입학시켰고, 중학교 때쯤 미국 유학을 보낼 예정이다. 나는 그 애에게 어떤 것도 강요할 생각이 없다. 만화가나 댄서가 되고 싶으면 그러라 할 것이다. 이미 선대가 이루어 놓은 것만으로 어떤 경우에도 그 애의 삶은 중간 이하로 떨어지지 않는다. 아내와는 갈수록 금슬이 좋다. 우리 부부는 벌써 40여 개국을 여행했고 앞으로 더 자주 다닐 것이다. 영문학을 전공한 아내의 수필집이 곧 출판된다. 우리는 좋은 사람들을 만나고, 좋은 얘기를 나누며, 좋은 음식을 먹고, 좋은 집으로 돌아와, 기분 좋게 잠이 든다.

좌파놀이—그건 내 가장 큰 유희이다. 나의 우파적 삶과 좌파적 관념은 완벽하게 분리되어 내 안에서 조금도 충돌하지 않는다. 나는 스스로의 인생을 특정 이념에 종속시키지 않는다. 대신 이념을 내 삶에 복무시킨다. 그걸 거꾸로 하는 자들이 불행한 삶을 살며, 남의 인생도 불행하게 만든다. 나는 마치 배트맨과 같다. 악당이 나타나면 검은 박쥐 옷을 입고 출동해 약한 이들을 도운 후 홀연히 사라지는 그는, 배트카를 타고 집사가 기다리는 커다란 저택으로 돌아와, 아무도 없는 방에서 홀로 박쥐 가면을 벗고 다시 원래의 자신으로 돌아온다.

그리고 와인병을 딴다.

배트맨, 혹은 어느 강남 좌파의 초상

와, 시발⋯ 나 오늘 장기 다 털릴 뻔했다⋯ 택시를 탔는데 이상한 길로 가길래 왜 일로 가냐니까 고속도로가 공사 중이라는 둥 개소리하면서 으슥한 데로 가길래 문 열고 달리는 차에서 뛰어내렸다⋯ㅠㅜ 기사 새끼 놀랐는지 급정거하다 차 뒤집어졌다 쌤통⋯ 놀란 마음을 달래러 식당에 들어가 스파게티 시켰는데 스파게티 위에 이상한 가루가 뿌려져 있었다⋯ 웨이터 불러서 이거 뭐냐니까 치즈 가루라고 씹소리 하길래 스파게티 얼굴에 처박고 존나 튀었다⋯먹었음 잠들었겠지 시발⋯ㅠㅜ 친구 새끼 불러 내서 존나 하소연하니까 녀석이 위로하면서 소개팅을 해준다고 했다⋯ 절대 그럴 놈이 아닌데 뭔가 이상해서 보니까 벌써 전화기를 누르고 있었다⋯ 씹새끼 어떻게 친구 장기를 노리나 싶어 존나 열받아서 맥주병으로 머리 까고 사커킥 이십 방 날린 다음에 그렇게 살지 말라고 침 뱉고 지갑 빼서 튀었다⋯이십 년 친군데 아마 뇌사했을듯⋯ㅠㅜ 세상이 너무 무서워서 집에 돌아갔는데 엄마가 밥해 놓고 기다리고 있었다⋯ 눈물이 왈칵나더라⋯ 근데 반찬이 평소에 비해 너무 많길래 오늘 뭔 날이냐니까 엄만 아무 날도 아니라고 했다⋯ 설마 싶어서… 엄마 보고 먹어 보라니까 아니라며… 나 먹는 거만 봐도 배부르다며 거절했다… 와 진짜 아무리 그래도 엄마까지 내 장기를 노릴 줄이야…ㅠㅜ 상 바로 뒤엎고 엄마 제압한 담에 현금이랑 엄마 패물, 보석, 밍크코트 들고 나와서 지금 피씨방이다… 진짜 인신매매 이런 거 안 믿었는데 세상 너무 무섭다…ㅠㅜ

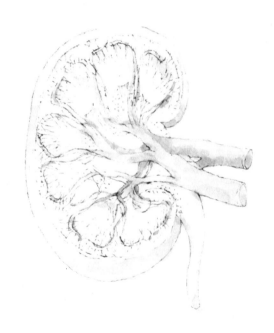

장기 자랑

아빠다, 라고 말했다. 그때가 네 살이었는지 다섯 살이었는지도 분명치 않지만, 내가 그렇게 말했다는 것만은 선명하게 기억한다. 아빠가 텔레비전 안에 있었다. 엄마는 사과를 깎던 손길을 멈춘 채, 놀란 눈으로 한참 동안 나를 쳐다보았다. 그 묘한 표정에서 특정한 감정을 읽어 내기엔 너무 어렸다. 오로지 분명한 것은 아빠가 텔레비전 안에 있었다는 것이다. 텔레비전 안에 아빠가 있고, 내가 그 속의 그를 보는 것—그 후 오랜 세월 반복될 그와 나 사이 조우遭遇의 형식이었다.

"엄마, 아빠는 어디 있어? 아빠는 왜 우리랑 안 살아?"

"으응, 아빠는 멀리 외국에서 일하고 계셔, 곧 오실 거야. 우리 아가가 말 잘 듣고 있으면 곧 장난감 잔뜩 사서 오실 거야."

나의 반복되는 질문에 엄마는 늘 그렇게 대답하곤 했었다.

"엄마 엄마, 근데 아빠 왜 외국에 안 있고 테레비 안에 있어?"

어느날 내가 그렇게 묻자, 엄마는 놀란 눈으로 한참 동안 나를 바라보다, 곧 불같이 화를 내기 시작했다.

"너 엄마 물건 뒤졌어? 엄마 방 들어갔어?"

나는 순순히 시인했다. 그때나 지금이나 다른 이의 물건을 뒤지는 걸 좋아했던 나는 엄마가 외출 중일 때 엄마의 방을 탐사하곤 했는데, 어느 날 장롱 속에서 빨간색 사진첩 하나를 찾아냈고, 그 안의 흑백사진들 속에서 한 번도 본 적 없는 대머리 아저씨와 엄마가 다정하게 웃고 있는 걸 보게 되었다. 누구도 그 사람이 내 아빠라고 말해 주지 않았지만, 말하자면, 그건 '그냥 알 수 있는 것' 이었다.

"잘 들어, 아가야. 아빠는 굉장히 중요한 일을 하시는 분이야. 절대로, 절대로 누구에게도 아빠 얘기를 해서는 안 돼. 한 명에게라도 얘기하면 엄마는 죽어 버릴 거야. 저 밖으로 뛰어 내릴 거야. 알았지?"

엄마가 죽길 바라지 않았던 나는 그러겠다고 약속했다. 마치 만화 속 주인공 같은 비밀이 생긴 것 같아 오히려 좋았다. 가슴이 두근거렸다.

아빠의 이름을 알게 된 것도 텔레비전을 통해서였는데, 나와 성이 달랐다. 중요한 일을 하느라 가명을 쓰는 거구나. 아빠는 확실히 중요한 사람인 것 같았다. 안 그럼 저렇게 하루 종일 텔레비전에 나올 리가 없지. 특히 모든 뉴스는 '땡' 하고 나서 바로 아빠의 소식을 전했는데, 그때마다 아빠가 살고 있는 파란색의 커다랗고 멋있는 성을 볼 수 있었다. 아빠는 저곳에서 우리나라를 지키는 정의의 기사이고, 모든 적들을 물리치는 날 장난감을 잔뜩 안고 나를 데리러 올 거야.

'그날'은 생각보다 일찍 왔다. 내가 초등학교에 들어가던 해, 아빠를 미워하는 악의 무리들이 매일 거리에서 매운 최루탄을 터뜨렸고, 마침내 아빠는 평화를 위해 파란 성에서 물러나겠다고 발표했던 것이다.

"엄마, 그럼 아빠 이제 우리 데리러 오는 거야?"

텔레비전 속에서 선언문을 낭독하는 아빠에게 시선을 고정한 채 엄마는 아무 말이 없었다. 여전히 어렸지만, 그것이 기쁨이나 행복의 표정이 아니라는 것만은 알 수 있었다.

오지 않겠구나, 아빠는.

엄마와 나는 여의도에서 압구정동으로 이사를 했고, 어느새 나는 중학생이었다. 어느 책 제목처럼, 나는 잘 웃지 않는 소년이 되어 있었다. 공부하는 그룹, 농구하는 그룹, 담배 피는 그룹 어디에도 속하지 못했던 나는 학교에 잘 나가지 않았으며, 집에서 하루 종일 RPG 게임을 하거나 책을 읽었다. 열 시간 이상을 눈 한 번 떼지 않고 모니터 속 판타지 월드에서 정의의 기사가 되어 악의 무리들과 싸웠고, 대학생들이나 읽을, 아니 대학생들도 잘 안 읽을 책들을 뒤적이며 홀로 사색에 잠기곤 했다.

몇몇 젊은 여선생들은 따로 나를 불러 너의 고민이 뭐냐고, 집에 무슨 일이 있냐고 물었다. 그저 때리기 바쁘던 남자 선생들에 비하면 고마운 정성이었지만,

"아무 일도 없어요. 엄마는 맨날 술을 먹고, 취하면 울어요. 뭐가 그리 미안한지 만날 미안하대요. 엄마와 불륜으로 나를 낳은 아빠는 몇 년 전까지 대통령이었는데, 어릴 때는 멋진 성에 사는 정의의 기사인 줄 알았는데, 사실은 나쁜 놈이었다는 것도 이젠 알죠. 그래도 고맙게도 돈은 많이 줬나 봐요. 엄만 내가 뭐 사 달라면 거절하는 법이 없어요. 이 시계 얼마짜린지 아세요? 백만 원이에요. 비록 서자지만 역시 거물 아들은 나쁘지 않네요. 진짜 웃긴 게 뭐냐면, 그 사람 진짜 아들 이름도 재용이래요, 웃기죠? 우리 아빠는, 모든 곳에 있어요. 테레비에 나오고, 신문에도 나오고, 버스나 식당에서 사람들이 욕을 하죠. 오로지 나와 엄마에게만 없어요. 웃기죠? 이게 어떤 건지 알겠어요, 선생님?"

······과 같은 얘기로 그 평범한 소시민들을 놀래키고 싶지는 않았다.

우여곡절 끝에 중학교를 졸업했을 무렵, 텔레비전 속의 아빠는, 결국 구속되었다. 자신을 연행하러 온 형사가 팔을 잡자, 마치 절대 일어날 수 없는 일이 일어나고 있다는 듯, 그 잡힌 팔을 물끄러미 내려다보던 아빠. 아홉 시 '땡' 치면 아빠를 찬양하기 바쁘던 뉴스들은 언제 그랬냐는듯 이제는 아빠를 비난하는 데 혈안이 되었다. '역사 바로 세우기'의 이름 아래 '반란', '내란', '쿠데타', '2000억 비자금' 같은 언어의 융단 폭격이 가해졌다.

나는 더 이상 그 모든 게 '악의 무리'의 모함이라고 믿을 만큼 순진한 꼬마는 아니었다. 다섯 개 조간지의 정치면을 정독하던 서글픈 조숙함은, '5·18 광주'와 '5공'의 의미뿐 아니라 지금 벌어지고 있는 '쇼'의 메커니즘까지도 꿰뚫어 보고 있었다. 승리한 부족이 패배한 부족장의 목을 치는 진부한 카니발. 다만 확실해진 건, 이제 아빠는 영원히 우리에게 오지 못하리라는 것이었다. 그래도 마음 한구석에서는 기대를 버리지 못했던 걸까. 언젠가는 아빠가 돌아와 우리를 저 파란 성으로 데려갈 거라는.

냄새를 맡은 기자들이 엄마와 내 주위를 맴돌기 시작했고, 나는 한 달도 다니지 않은 고등학교를 자퇴했다. 엄마와 함께 자퇴 절차를 밟고 학교 문을 나서며 흘깃 뒤를 돌아보는데, 농구를 하던 아이 하나가 나를 향해 손을 흔들었다. 시력이 좋지 않은 나는 그게 누구인지 알 수 없었으나, 마주 손을 흔들어 주었다. 그 순간 갑자기 터져 나오는 눈물을 이 악물어 삼켰다. 엄마는 이미 저 멀리 걸어가고 있었다.

얼마 지나지 않아 엄마와 나는 미국으로 떠나왔다. 정확히는 알 수 없지만 '아빠 측'에서도 그걸 원했던 것 같다. 어차피 정도 미련도 없는 나라였다. 그 후 십 년이 넘는 세월은 그다지 특별할 것 없는 한 모자의 치열한 미국 정착기이다. 새로운 언어를 익히고 낯선 환경에 적응하느라 고달팠지만, 덕분에 한국에서의 끝나지 않을 것 같던 깊은 어둠으로부터 조금씩 벗어날 수 있었다.

늦은 나이에 대학을 졸업하고, 조그마한 회사에 취직을 하고, 어느 마음씨 고운 아가씨를 만나 결혼을 하고, 두 아이를 거느린 한 가정의 가장이 되는 동안 내 안의 악몽 같았던 '아빠'는 흐릿해져 갔다. 여전히 가끔 그를 텔레비전이나 인터넷에서 보지만, 그저 그 순간뿐, 내 의식에 깊이 침투해 들어오지는 않는다. 더 이상 엄마와 그에 관한 이야기를 나누지도 않기에, 가끔은 그 모든 게 내 상상의 산물이었던 것처럼 느껴질 때도 있다.

제 국민에 대한 발포를 명령하고 피 묻은 권좌를 차지한 반란의 수괴. 역사를 후퇴시킨 영원한 죄인. 동서 갈등을 고착화시킨 지역

감정의 원흉. 재벌들과의 정경유착을 통한 부정축재의 상징. '29만 원'으로 상징되는 반성 없는 비양심의 대명사. 그리고―빛바랜 사진 속에서 다정하게 엄마와 웃고 있던, 단 한 번도 만나지 못했던, 내 아버지.

이제 일흔이 훌쩍 넘은 엄마는 뒷마당에 상추며 토마토를 심고 가꾸는 것으로 소일한다. 그 조그만 밭 근처를 뛰노는 손주들을 흐뭇한 미소로 바라보는 엄마에게, 스쳐가듯 묻는다. 엄마, 우리 애들에게 언젠가 할아버지 이야기를 해야 되는 걸까. 엄마는 그 옛날 내가 처음 텔레비전에서 아빠를 보았을 때처럼 알 수 없는 표정을 지으며, 아무런 대답도 하지 않는다.

장군의 아들

"남자 0호입니다. 직업은 없고, 늘 없었고, 앞으로도 아마 마흔 살까진 없을 것 같습니다. 일단 로스쿨에 가서 변호사 자격증 따고 몇 년 그짓 하다가 기회 봐서 때려치우고 영화 감독을 하고 싶은 꿈이 있는데, 게을러서 아마 둘 다 안 될 것 같습니다. 게으른 걸론 세계 챔피언 먹을 자신 있습니다. 취미는 다양한데 그중에서 가장 간지나는 건 장난감 모으기입니다. 보유 피규어의 질과 양으로 대한민국 짱 먹고 은퇴했습니다. 무언가에 빠지면 광적으로 빠지는데 절대 생산적인 거엔 안 빠집니다. 가끔 멍하니 불러도 대답 안 할 땐 공상 중인 거니 말 시키지 마시고요. 술도 좋아하는데 필름 끊긴 다음 날이면 "오빠 우리 인연 끊자.", "이제 연락 못 드릴 것 같아요." 이런 문자가 하나씩 와 있습니다. 이상한 애들인 것 같습니다.

망상증이 좀 있어서 한 세 시간 연락 안 되면 '아, 이 여자가 지금 다른 남자랑 하와이 와이키키 해변에서 나 잡아 봐라, 하고 있구나' 라고 확신하고 액션에 들어갑니다. 그래서 친구가 별명을 '행동하는 광기'라고 지어 줬습니다. 좌우명은 '여자한테 돈 쓰지 말자' 이고요, 막 Lui Biddong 백 사 주고 이러는 애들 보면 정신병자 같습니다. 확실한 것은 저는 다른 남자들처럼 전 여친이랑 연락하고 문자 주고받고 이럴 일이 없다는 것입니다. 모두 치를 떨며 떠나갔거든요. 그중 몇 명은 해탈해서 지금 공중부양하고 다닌다는 소문이 있습니다. 야동은 한국 거만 보는 스타일이고요.

　인생에 있어 결혼은 두 번이 적당하다고 생각합니다. 삶이 영원하다고 생각해 인생을 낭비하듯, 이 사람과 죽을 때까지 함께라고 생각하면 모든 게 당연해지고 무뎌지겠지요. 하지만 언젠가 이혼할 거라고 생각하면 미안해서 늘 더 잘해 주고 싶을 것이고, 위자료 뜯길 걸 대비해 더 열심히 살 겁니다. 그래서 막내가 대학에 들어가면 이혼하고 새 인생을 사는 겁니다. 어차피 이혼율 짱인 나라에서 블랙헤어 파뿌리 어쩌고 하다 이혼하지 말고, 이렇게 계획된 이혼, 준비된 이혼을 하자는 것입니다. 제대로 한번 이혼해 보자는 것입니다. 이런 저의 생각에 동의하는 여자, 저의 첫 번째 여편네가 될 여자를 찾아 이곳에 나왔습니다. 남자 0호입니다."

남자 0호입니다

사랑하는 현성이 오빠.

오빠 군대 간 지도 벌써 석 달 가까이 지났네. 스물여덟 늦은 나이에 입대해서 얼마나 고생이 많아. 생각하면 너무 안쓰러워. 우리 4년이나 만났는데, 그동안 여친이랍시고 해준 것도 없이 이렇게 처음 손편지를 쓰네. 그런데 어쩌면 가뜩이나 힘든 오빠에게 더 큰 짐이 될지도 모를 이 편지를 쓰는 게 맞는지 지금도 모르겠어. 오직 주님을 믿을 뿐이야. 그분이 써야 한다고, 말해야 한다고 말씀하시기에, 용기 내서 오빠에게 모든 걸 고백하려고 해.

나 홍모 오빠 만나고 있어.

알아. 오빠가 얼마나 놀랄지. 그리고 배신감에 떨지. 홍모 오빠는 오빠의 초등학교 때부터 베스트 프렌드니까. '세상에 태어나 홍모를 얻은 것 하나만으로도 만족한다' 던 오빠의 표정이 생각나. 그건 홍모 오빠도 같은 심정이야. 사실 어제가 우리 300일이었어. 그동안 우리가 얼마나 힘들었는지 오빠는 상상도 못할 거야. 끝도 없는 양심의 가책, 그래도 멈출 수 없는 사랑…. 너무 너무 힘들었어. 처음엔 죄책감에 손도 잡지 못할 정도였어. 나 솔직히 홍모 오빠에게 먼저 같이 있자고 했었어. 하지만 홍모 오빠는 절대 그럴 수 없다고, 최소한 현성이 군대 가기 전에는 그러지 않겠다며 거부했지. 그리고 마침내 오빠가 입대하던 날 우리는 하나가 되었어. 오빠 나 혼전 순결주의자인 거 알잖아. 오빠랑 4년 만나면서도 절대 허락 안 했잖아. 그런데 홍모 오빠와는 그렇게 됐지만 조금도 후회가 안 들더라. 참 이상하지. 이런 게 진짜 사랑인 걸까…?

알아. 나 나쁜 년인 거. 하지만 오해는 하지 마. 오빠는 차도 없어서 맨날 지하철에 버스 타고 데이트 다닐 때 홍모 오빠는 BMW M3 모는 거, 오빠는 삼류대 나왔는데 홍모 오빤 명문대 의대 나온 거, 오빠네는 중산층인데 홍모 오빠네는 강남에 아파트도 있고 재산도 100억대 (추산) 되는 거…. 다 고려 대상 아니었어. 나 그런 여자 아니잖아. 하다못해 짜리몽땅한 오빠에 비해 홍모 오빠는 키가 184인 것도 상관 안 했어. 나 외모 안 보잖아. 그냥 홍모 오빠가 좋았어. 그러면 안 되는 거 알았지. 하지만 사람 마음 그런 거 아니잖아. 어쩔 수 없는 거잖아. 오빠가 일한다고, 자격증 공부한다고 잠도 하루에 4시간 자며 열심히 사는 거, 나 좋았어. 하지만 외로웠어. 물론 손이 부르트도록 알바해서 나 핸드백, 옷 사 주고 그런 거 고마웠지. 하지만 외로웠어. 여자는 그래. 그 외로움을 홍모 오빠가 달래줬지. 처음 둘이 만나서 솔직히 오빠 얘기만 했어. 그 후에도 오빠랑 속상한 일 있으면 홍모 오빠가 위로를 해줬지. 그러다 어느 날 둘이 술을 마셨고…그리고…….

알아. 우리 그러면 안 되는 거. 절대 그러면 안 되지. 너무 괴로웠어. 매일 만나서 말없이 껴안고 울기만 했지. 헤어지려고도 했어. 그런데 안 되더라. 사람 마음이 그렇게 안 되더라. 그때 만난 게 바로 주님이야. 마치 이끌리듯 어느 날 둘이 같이 교회에 들어갔고, 거기서 처음 찬송가를 들으며 얼마나 울었는지 몰라. 정말 펑펑 울었어. 그러다 주님을 영접했어. 그분이 직접 우리를 껴안고 말씀하셨어. "잘 왔다, 내 아이들아…….." 그때서야 깨달았지. 아, 사람의 죄는 사람에게 용서받는 게 아니구나. 그분이 하시는 일이구나. 홍모 오빠와 나의 죄는 오빠가 아니라 주님께 용서 빌어야 하는 거구나. 그날부터 우리는 매일 교회에 나가 울면서 기도했어, 누구보다도 오빠를 위해서. 우리로 인해 상처받을 오빠를 지켜 달라고 통곡으로 기도했어. 그리고 홍모 오빠와 나의 사랑이 바른 길로 나아가게 해 달라고 기도했어. 마침내 답을 얻었지. 그분의 목소리가 들려왔어. "괜찮다, 내 아이들아…." 그래, 죄사함 받은 거야. 그날 이후로 우리는 죄책감 없이 만나고 마음껏 사랑하고 있어. 성생활도 너무 활발하게 하고 있지. 윤활유조차 필요 없어. 우린 늘 기도하고 섹스를 해. 끝난 후에는 감사 기도를 올리고.

알아. 오빠가 어떻게 생각할지. 하지만 오빠. 주님은 오빠를 사랑하셔. 오빠가 걸어온 길을 돌아봐. 그분은 늘 오빠 옆에서 비바람을 대신 맞아 내시며 지켜주셨어. 빌라도에게 고초를 당하시며 롱기누스의 창에 죽임 당하실 때조차 주님은 오빠를 생각하셨어. 오직 오빠 한 분을 위해 이 세상에 오신 분이셔. 만왕의 왕이시지만 오빨 위해 지금 이 순간도 눈물 흘리는 분이셔. 오빠, 내가 오빠에게 준 상처는 결코 내가 치유할 수 없어. 그건 사람의 일이 아니라 그분이 하시는 일이야. 오빠에게 시간이 필요한 거 알아. 우리 같이 기도해, 오빠. 홍모 오빠와 나는 이미 오빠를 위한 중보 기도에 들어갔어. 오빠가 주님을 만나길 너무나 간절히 원해. 그날이 오면 우리 셋이 같이 그분의 성전으로 나아갈 수 있겠지? 생각하면 너무나 설레. 오빠, 우리 꼭 그렇게 해. 그럼 훈련 잘 받고, 답장 기다릴게.

사랑합니다

조현성 형제님.

PS. 참 오빠가 맡겨 놓고 간 노트북은 팔아서 교회에 헌금했어. 아까워하지 마, 오빠. 주님은 열 배, 백 배, 천 배로 갚아 주시는 분이셔. 내 말 한 번만 믿어 봐. 성령이 일으키는 놀라운 기적을 기대해 봐…!!

YTN

군인1명 무장탈영...수색중

탈영 사유

사랑에 빠진다. 그녀는 특별하다. 짧은 연애 끝에 우리는 결혼한다. 행복은 빠르게 찾아오고 서서히 떠나 간다. 마치 제 역할을 다한 로켓의 추진체처럼 떨어져 나가 버린 사랑의 빈자리를 메우는 건 하루하루의 지루한 생활이다. 우리는 그렇게 긴 세월을 버텨 간다. 아이들이 태어나고 그들의 성장을 도우며 크고 작은 보람을 느끼는 동안 우리의 삶은 잊혀진다.

어느새 나와 그녀는 다치거나 병들지 않고 편하게 생을 마감하는 것 외의 무엇도 소망할 수 없는 나이가 된다. 나는 그녀를 본다. 한때는 사랑하거나 미워했던 얼굴이다. 가지 않은 길엔 무엇이 있었을까. 오랜만에 홀로 술잔을 비운 밤, 그녀의 곁에 눕는다. 나는 아주 오래전에 그랬듯 공상에 빠진 소년처럼 눈을 반짝이며 그렇게 말한다.

우리 처음 만난 날부터 이렇게 많은 세월이 지났네

하지만 이게 우리의 마지막 밤이 될지도 몰라

어쩌면 우리는 서로라는 아주 긴 꿈을 꾼 건지도 몰라

이제 눈을 감고 잠에서 깨면 서로를 알기 전의 우리로 돌아가 있

을 거야

　함께한 몇십 년은 기억조차 흐릿한 꿈으로 남겠지

　좋은 꿈이었기를 바라

　안녕 내 사랑아

　자는 척 듣고 있던 그녀의 주름진 눈가에 눈물이 고인다. 나는 그
녀의 손을 잡은 채 가만히 눈을 감는다.

　조금씩 흐려지는 의식 속에서 손짓하는 건

　어느 젊은 여름날이었다

정말 꿈이었을까

이 삶이 얼마 남지 않았음을 느낍니다. 나이가 들면 보이지 않던 것들이 보이고, 들리지 않던 것들이 들리게 되지요. 눈과 귀는 점점 침침해지는데도 그러니, 신기한 일이에요.

내 의지와 상관없이 방송에 나가게 되었습니다. 아주 많은 사람들이 나에 대해 알게 된 것 같아요. 나 자신도 다 이해할 수 없는 내 삶을 한 시간짜리 티비 프로그램이나 한 도막짜리 기사를 보고 이해하게 된 사람들이 넘쳐나니, 얼마나 감사한지 모릅니다. 그분들에게, 이제 얼마 남지 않은 힘을 짜내 이 글을 씁니다.

아마도 당신은 내 젊은 시절과 지금의 모습을 대비시키며 '몰락'이란 단어를 떠올렸을 겁니다. 내 과거의 학벌이나 직장 그리고 '메이퀸' 경력은 현재의 내 모습을 더욱 초라하게 만드는 근거들이 되었겠지요. '어쩌다가…' 라며 혀를 찼을 마음은 조롱보다는 연민이었다고 이해하며, '몰락' 의 이유로 상상해 떠올렸을 것들에도 너그러운 마음을 갖습니다. 사람은 오직 아는 만큼 보는 법이니까요.

나는 다만 내 안의 진실을 말하고자 합니다. 나는 내 자신이 몰락했다고 여기지 않음을 말하고자 합니다. 지금의 내 삶은 내 자발적인 선택이었음을 말하고자 합니다. 내 삶에서 떠나간 것들은 모두 내가 내 손으로 놓아 버린 것들임을 말하고자 합니다. 믿기 힘들겠지만, 메이퀸 시절, 혹은 외무부에 다니던 시절보다 지금이, '맥도날드 할머니'로 사는 지금이, 더 행복하고 충만함을 말하고자 합니다.

　젊은 시절의 나는, 어쩌면 이 글을 읽고 있을 당신처럼, 나 자신에 대해 잘 알지 못했습니다. 내가 누구인지, 무얼 원하는지 알지 못했습니다. 시험지 받아들고 답을 모르겠을 때 우리는 옆자리 친구의 답안지를 힐끔거리게 되지요. 나 역시, 자신이 원하는 게 무언지를 모르니 다른 이들이 원하는 걸 바라보게 되더군요. 커닝을 한 거예요. 그런데 그들이 원하는 건 나에겐 그리 어렵지 않은 것들이더군요. 어느 순간 모두 내 손에 쥐어져 있었습니다. 사람들은 그런 나를 부러워했고, 내 미래의 전망은 오로지 핑크빛이었습니다.

　모든 게 달라져 버린 건 어느 날 스스로에게 던진 하나의 질문으로부터였습니다.

　이것이 진짜 행복인가,
　라는.

'행복'을 정의하는 게 가능한 일인지 모르겠습니다. 저마다의 행복이 있을 뿐 아니라, 한 사람 안에서의 행복의 의미도 늘 같은 것은 아닐 테니까요. 내가 아는 건, 사람은 모두 행복해지기를 원한다는 것입니다. 공부를 하거나, 악기를 연주하거나, 축구 선수나 철학자가 되는 것도, 아이를 낳아 기르거나 기부를 하는 것, 절대자를 희구하는 것도 결국은 행복이라는 저 먼 섬에 다다르기 위한 몸부림에 다름 아닐 것입니다.

모두의 부러움 속에 살던 어느 날 나는 문득 내 오래전 시험지를 다시 들춰 보았고, 온몸에 전율이 흐르는 듯한 충격을 받았습니다. 거기 쓰여 있는 건 내 답이, 내 삶이 아니었기 때문입니다. 내 옆에 앉아 있던 아이의 답을 베낀 것이니, 나에게 맞을 수가 없었던 거예요. 그 애와 나에게는 처음부터 다른 시험지가 주어졌다는 것을 몰랐던 거지요. 남부러울 것 없는 삶을 살면서도 늘 공허함을 느끼던 이유를 나는 그렇게 찾아냈습니다.

그러고 나니 보이더군요. 저뿐만 아니라 너무나 많은 사람들이, 타인의 행복을 자신의 행복으로 착각하고 살아가고 있었습니다. 자신이 진정 누구인지, 내가 정말로 무얼 원하는지도 모르는 채 보석 같은 인생을 낭비하고 있었습니다. 마치 경주마처럼 전속력으로 달리고 있는 그들에게 왜 달리고 있는지 자문할 시간이 없음은 어쩌면 당연한 일일 것입니다.

나는 모든 것을 놓기로 했습니다. 한때는 손에 넣기 위해 불면으로 밤 새던 것들을, 마치 길가에서 주운 돌멩이를 던져 버리듯 그렇게 하나하나 놓아 버렸습니다. 나 홀로 도태되는 것은 아닌가, 처음엔 겁이 났어요. 하지만 점점 자유로워지기 시작했습니다. 진짜가 아닌 것들, 내 것이 아닌 거추장스러운 것들을 벗어 버리고 나니 발걸음이 가벼워졌습니다. 나는 그렇게 진짜 내 섬을 찾기 위한 여행을 시작했습니다.

미쳤다는 손가락질이 날아들었지만, 나는 오직 내 안의 목소리에만 귀를 기울인 채, 보기에 따라서 공부이기도, 구도이기도, 혹은 고행이기도 한 그 여행을 계속했습니다. 수없이 허탕을 치고 좌절하는 동안 무얼 찾으려 했는지도 흐릿해질 만큼 오랜 시간이 지나가, 나침반조차 없는 망망대해 위에서 나는 그렇게 영원히 조난된 것 같았습니다. 여기까지구나……. 모든 걸 체념한 순간, 그러나 나를 깨운 건 거짓말처럼 하얀 어느 모래사장이었습니다.

마침내 그 섬에 다다른 것입니다.

나는 당신에게 내가 찾은 답에 대해 설명하지는 않겠습니다. 그 것은 온전히 나의 것으로, 당신은 이해할 수도, 그럴 필요도 없으니 까요. 그리고 혹시라도 예전의 내가 그랬듯, 나의 답을 당신의 답으 로 착각할 수도 있을 테니까요. 당신에겐 당신만의 답이 있으며, 어 떤 스승이나 멘토도 그것을 대신 찾아줄 수 없습니다. 오직 당신만 이 할 수 있습니다. 그것을 찾는 순간 당신은 분명히 느끼게 됩니 다—마침내 찾아냈음을, 이곳이 바로 그곳임을, 오직 여기 이 섬에 오기 위해 태어나 지금까지 살아 왔던 것임을……. 내 그것만은 말 해 줄 수 있어요.

노인네의 글이 길어지는군요. 이만 줄여야겠어요. 어쩌면 이 글 이 읽혀질 때쯤 나는 이곳에 없을지도 모르겠습니다. 어떠한 후회 도 미련도 없습니다. 내 마음은 온전히 충만하고, 내 영혼은 해 질 녘의 강가처럼 평화롭습니다. 혹시라도 이 글을 읽은 당신들 중 단 한 사람이라도 잊고 살던 자신의 답안지를 한번 꺼내 보기라도 한 다면 그 또한 나의 커다란 기쁨일 것입니다. 방송을 타고 유명세를 치르느라 조금 불편해졌으니, 그 정도 보람은 기대해도 되겠지요. 주어진 시간이 다 가기 전에 부디 당신도 그 섬에 닿을 수 있기를, 이 늙은 두 손 모아 기도합니다.

그곳,

정말로 좋아요.

맥도날드 할머니 드림.

맥도날드 섬으로 와요

길거리에서 한 커플이 싸우고 있다. 고성은 곧 육탄전이 되고, 남자가 여자를 폭행하기 시작한다. (남자 vs 여자)

그때 왕년에 좀 놀아 본 시민이 남자에게 다가가 '실례합니다만 왜 여자를 때리세요, 씨발아' 라고 반갑게 인사하며 시계를 푼다. (시민 vs 남자)

그러자 그때껏 열정적으로 처맞고 있던 여자가 '아니, 아저씨가 뭔데 사랑하는 우리 옵하에게 욕을 하시는 거예요' 라며 악을 쓰자, 분개한 시민이 "쌍년아, 너는 가만 있어."라며 여자의 뺨을 찰지게 후려친다. (시민 vs 여자)

그러자 남자는 '아뉘, 지금 당신이 너무나 소중하여 검은머리 파뿌리 될 때까지 나만 때리고 싶은 우리 애기를 때리신 거냐' 고 포효하면서 그에게 경솔한 하이킥을 날리지만, 시민은 정중한 90도 인사로 그 하이킥을 옛사랑처럼 흘려 보낸 후 효율적인 어퍼컷, 근면

한 훅, 그리고 앙증맞은 불알 터뜨리기로 남자를 제압한다. (시민
vs 남자)

애인 앞에서 다른 남자에게 무릎 꿇려 뺨을 짝짝 맞으며 훈계를
듣고 있는 부끄부끄한 상황을 벗어나기 위해 남자는 갑자기 여자에
게 박치기를 날리면서 '어서 내가 존경하는 이 형님(?)에게 사과하
라'는 미친 소리를 한다. (남자 vs 여자)

그때 경찰이 오자 빡돈 여자는 남자를 가리키며 '이 새끼 모르는
새끼인데 절 강간하려고 했어요'라고 외치고, 경찰은 두말없이 남
자의 온몸을 머리부터 발끝까지 정성스럽게 몽둥이로 후려치기 시
작한다. (경찰 vs 남자)

싸움은 잘하지만 머리는 잘 안 돌아가는 시민은 뜻밖의 상황에
어쩔 줄 몰라 하고 있는데, 경찰은 시민도 공범으로 알고 그에게 뚝
심 있게 가스총을 쏜다. (경찰 vs 시민)

얼굴에 정면으로 가스총을 맞고 비명을 지르며 쓰러진 시민에게
좀 전의 굴욕을 잊지 못한 남자가 올라타 정성껏 살인 파운딩을 날
리고. (남자 vs 시민)

과도한 업무 스트레스에 머리가 헤까닥한 경찰은 급기야 여자에게 박력 넘치는 키스를 날리는데. (경찰 vs 여자)

하도 맞다 보니 역시 정신분열이 온 여자는 파워풀한 맞키스에 들어간다. (경찰 & 여자)

상기된 표정으로 손을 잡고 모텔 쪽으로 전속력으로 달려가 버린 경찰과 여자를 시민과 남자는 한동안 멍하니 바라보다가 말없이 각자의 길을 간다. (남자 & 여자 & 시민 & 경찰)

약육강식

나라가 어지럽습니다. 불과 반세기 만에 산업화와 민주화의 기적을 이루어 낸 우리 자랑스러운 조국 대한민국이 현재의 난관을 넘어 김구 선생이 꿈꾸던 진정한 선진국가의 길로 나아가려면 다음의 다섯 가지 정신 무장이 필수적이라고 보여집니다.

첫째, 자위自爲 정신: '힐링 열풍'이 한창입니다. 대형 서점의 베스트셀러의 위쪽에는 온통 '토닥토닥' 류의 책들이 자기 계발서들과 함께 군림 중이라 합니다. 그러나 우리는 그러한 타자로부터의 위로, 즉 타위他慰에 몸을 맡겨서는 안 됩니다. '양보하세요', '용서하세요'가 모든 문제의 답이 되지 않습니다. 양보하지 말아야 할 것, 용서할 수 없는 것도 있습니다. 진정한 위안은 명언 제조기 스님이 아니라 스스로를 가장 잘 아는 자신의 내면으로부터 나옵니다. 즉 자위自慰가 필요한 것입니다. 자위는 자위自爲하는 자만이 할 수 있습니다. 자위는 홀로 힘차게 일어서는 것[勃起 발기]입니다. 자위는 대상을 필요로 하지 않으며, 온전히 자기 자신만을 마주 보는 성찰의 행위인 것입니다. 그 성찰을 통해 스스로를 깨달은 [自知 자제 자유로운 인간을 니체는 한 마리 야수에 비유했는데, 그 거침없는 움직임을 야동野動이라 합니다.

둘째, 후배위後輩爲 정신: 학연, 혈연, 지연으로 이루어진 좁은 바운더리 내에서 후배가 밀어 주고 선배가 끌어 주는 집단이기주의는 우리나라가 세계 어디에 나가도 빠지지 않겠지요. 그러나 진정 바람직한 세상은 그 경계를 넘어서 사회 곳곳의 모든 후배들—즉 늦게 시작하였거나 기회를 얻지 못해 뒤처진 사람들을 위해 주는 '후배위後輩爲 사회'일 것입니다. 이것은 구체적으로 약자들을 배려하는 복지정책의 발전적 확대로서 나타날 수 있을 텐데, 대상자의 자존심이나 굴욕감을 고려해 시행해야 할 것이며, 또한 (눈)높이가 안 맞으면 일이 잘 안 됩니다.

셋째, 여성 상위女性上爲 정신: 여성부 쌍폐미들이 설쳐 대거나 우리나라 President 앞에 Mr. 대신 Ms.가 붙었다고 자동적으로 여성의 시대가 오는 것은 아닐 것입니다. 생물학적 여성의 사회 통계적 평등지수가 개선되는 것도 중요하겠지만, 그보다 더 큰 것은 여성적 가치들—부드러움, 낳는 것, 기르는 것, 감싸안는 것, 먹이는 것, 치유하는 것—이 사회 문화 전반에 확산되고 정착되는 일일 것입니다. 그러한 진정한 여성 상위 시대는 여성만의 힘으로 되는 것이 아니라 남성들이 밑에서 잘 받치고 컨트롤을 해야 합니다.

넷째, 정상위正常爲 정신: 대통령이 국토를 훼손하고 이웃집 아저씨가 옆집 초등학생을 성폭행한 뒤 암매장하는 사회가 우리가 꿈꾸던 세상은 아니겠지요. 무엇이 정상이고 무엇이 비정상인가에 대해 오히려 유치원생들이 더 잘 알고 있을 것입니다. 무조건 악다구니 쓰고, 강자에겐 빌붙고 약자는 짓밟는 게 정상이 아니라, 힘세다고 다른 이를 괴롭히면 안 되고, 굶는 친구가 있으면 나눠 먹어야 하고, 잘못을 했으면 사과를 해야 한다는 정도의 유치원적 상식이 정상으로 받아들여지는 사회가 되길 바랍니다. 물론 매번 원론적인 정상위만 고수하는 것은 자칫 지루해질 수 있겠습니다.

다섯째, 69정신: 죽음과 부재를 의미하는 0, 가장 안정적인 숫자인 3, 인도철학에서 생로병사를 의미한다 하여 완전한 수로 보는 4, 끝없이 팽창하는 우주의 시공간을 상징하는 '무한'까지, 숫자 하나하나에 담긴 철학은 깊고도 넓습니다. 그중에서도 6과 9는 열 개의 아라비아 숫자 중 동일한 형태를 가졌으면서도 뒤집어짐으로써 다른 것을 의미하는 쌍생아적 관계를 지니지요. 69정신이란 바로 삶과 죽음, 밤과 낮, 음과 양, 서양과 동양, 진보와 보수, 성장과 복지 등 일견 대척점에 있는 듯한 세상의 면면들이 사실은 모두 같은 것이며 하나라는 철학적 깨달음을 통해 이분법적, 대립 지향적 사고를 지양하고 진정한 대통합을 이루어 내기 위한 사상적 기반이 되는 것입니다.

이상의 다섯 가지 정신을 통해 우리나라는 되게 좋은 나라가 되어야 하겠습니다.

순서는 개인적인 선호와 절대 무관합니다.

아! 대한민국

사랑하고 존경하는 혜경 씨!

먼저 간밤의 일에 대해 안타까운 심정으로 사과의 말씀을 전하고
자 합니다. 저 자신, 일생을 엄격한 신사도에 입각해 살아 왔음에
도, 비록 취중이었다고는 하나, 그동안 혜경 씨와 제가 소중히 가꿔
온 관계에 전혀 걸맞지 않는 장소인 모텔 따위로 혜경 씨를 안내하
고, 입구에서 2시간 동안의 실랑이를 벌이다가, 종국에는 완력으로
혜경 씨를 제압하기 위해 박치기를 날린 것을, 비록 그 후 30분 동
안 도저히 여자의 힘과 스피드라고는 믿을 수 없는 혜경 씨의 무차
별 구타로 인해 골절 및 장 파열을 당해 지금 이렇게 병원 응급실에
서 편지를 쓰고는 있지만, 어찌 몇 마디 말로 다 용서를 빌 수 있겠
습니까. 그저 미안할 뿐입니다.

하지만 혜경 씨, 우리가 연인으로 만난 지도 어언 반 년이 넘었습
니다. 그동안 우리는 수도 없이 서로의 마음을 확인하였고, 그러면
서 장차 미래를 함께 할 수도 있다는 발전적 결론에 자연스럽게 도

달하게 되었다고 생각합니다. 이런 상황에서 왜 우리가 성교를 할 수 없어야만 하는지에 대해 납득할 만한 설명은 반드시 있어야 하지 않을까요?

저 고명한 플라톤 이래로 우리의 육체는 그 정신에 비해 지극히 하찮은 것으로 치부되어 왔던 게 사실이지요. 육체적인 교류를 배제한 정신만의 사랑을 그래서 '플라토닉 러브Platonic Love'라 하는 것입니다. 인간의 행위와 감정이 사실은 두뇌의 화학 작용, 그리고 그에 대한 육체의 물리적 반응에 불과하다는 것이 자명해진 이 현대에 전혀 어울리지 않는 그러한 낡은 관념이, 자유로워야 할 인간의 성적 선택권을 결혼이라고 하는 불완전하고 모순된 제도에 종속시키려는 국가의 관리주의와 야합하고, 거기에 먼저 몸을 지배하고 그 정신을 지배하여 궁극적으로는 지갑을 지배하려는 특정 종교 세력의 불순한 음모까지 합세하여 형성된 '혼전 순결 이데올로기'가 바로 어제와 같은 불상사의 원흉이라 봐야 할 것입니다.

하지만 혜경 씨, 이제는 그러한 미망에서 벗어나야만 합니다. 우리 영혼의 주인이 우리이듯, 우리 육체의 주인도 우리여야 하는 것이 아니겠습니까? 우리 하반신의 사용권은 국가도 교회도 아닌 우리에게 온전히 있는 게 아니겠습니까? 언제까지 공허한 정신의 사랑만을 나누어야 한다는 말입니까? 저는 혜경 씨와 해보고 싶은 것이 얼마나 많은지 모릅니다. 정XX는 물론이고 후X위, 여X상X, 좌X, 풍차XX기, 6X자세, 잼X르X 심지어, 후⋯후X치X까지도, 마치 어린 시절 들판을 뛰놀며 꽃을 꺾고 잠자리를 잡으며 무지개 너머엔 뭐가 있을까 상상하던 그 순수한 마음으로, 하나하나, 오래, 자주, 많이 해 보고 싶은 것입니다. 왜 이런 내 마음을 몰라 준다는 말입니까?

제발 '제가 아니라 제 몸을 사랑하시나요?' 같은 저능한 질문은 그만하셨으면 합니다. 마음이나 정신만으로 무엇을 할 수 있습니까? 어떤 경우에도 육체를 통하지 않고는 개미 새끼 더듬이 끝에 붙은 먼지 하나도 움직이지 못하는 것이 바로 그 대단한 정신이란 놈 아닙니까? 예수도 부처도 간디도 달라이라마도 마틴 루터 킹도 손과 발과 혀를 움직이지 않고 무언가 이루어 낸 것이 있습니까? 영육이 하나가 될 때 인간은 비로소 인간이 되는 것이며, 사랑도 온전한 사랑이 되는 것입니다. 우리의 사랑은 반드시 혜경 씨와 저의 파이팅 넘치는 성교를 통해 육체적 합일을 이루어야만 완성되는 것이란 말입니다.

이 정도까지 얘기했으면 이해하시리라 믿습니다. 저는 일주일 후 퇴원 예정입니다. 신사동 삼화 모텔 1818호에서 기다리겠습니다. 오지 않을 경우 우리 애인 관계의 끝임은 물론이거니와, 골절 및 장파열에 대해 민형사상의 조취를 취하겠으며, 사적인 보복도 대대적

으로 가할 것입니다. 지금 여친에게 개처럼 맞고 입원했다고 소문
나서 친구들 사이에 병신의 아이콘으로 떠오르고 있습니다. 초반에
배만 안 맞았어도……. 너무 분합니다. 이종격투기를 배워서라도
꼭 복수할 것입니다. 부디 그런 일이 없도록, 일주일 후 정갈한 몸
과 마음으로 뵙기를 바랍니다.

사랑합니다.

성교를 요구합니다

"아, 난 정말 독일어가 싫어!"

"또 뭐래니. 누군 좋아서 하나. 대학 갈람 해야 되니까 하는 거지. 때려치고 고졸로 살든가."

"악담을 해라. 말이 그렇다는 거지. 근데 난 진짜 국어, 수학은 몰라도 독일어는 안 맞아. 차라리 영어가 낫다구. 영어는 발음부터 간지나잖아. 봐봐, 클-래-시컬."

"하여튼 핑계는. 만일 영어가 제1외국어였음 독일어 발음이 간지난다고 했을 놈이야 넌. 근데 뭐, 나도 초중고 12년을 했어도 막상 독일 가니 입도 잘 안 떨어지긴 하더라."

"사실 우리가 이렇게 죽어라 독일어를 배워야 하는 거나, 개나 소나 독일로 유학을 가는 거나, 독일어 실력으로 취업이 되고 말고 하는 거나… 생각해 보면 이 모든 게 제2차 세계대전에서 독일이 이겼기 때문이라고. 한 마디로……."

"설마 또 그놈의 역사 강의 시작이냐?"

"들어봐 봐. 우리가 너무도 당연하게 받아들이는 지금의 국제질서나 심지어 문화적인 기준들도 사실 거기서 결판이 난 거란 말이지. 독일이 졌다면 우린 전혀 다른 세상에 살고 있을 거라고."

"뭐, 그럼 니 소원대로 독일어 대신 영어를 배우고 있을 수도 있었겠지. 클-래-시-컬, 이러면서."

"그 정도가 아니지. 지금으로선 상상도 못할 정도였을 거야. 내 생각으로 당시 미소영 '악의 삼각 동맹'에서 영국은 이미 힘이 기울었어. 미국과 소련이 중심이었지. 근데 이들은 이념적으로 전혀 융합하기 힘든 나라들이었어."

"들어본 거 같다. 소련은 뭐였더라, 공산주의? 다 나누고 살자, 뭐 이런 생각을 가졌었다며."

"그렇지. 그래서 내가 보기에 만일 연합국이 히틀러에 승리했다면, 미국과 소련 사이에 전쟁이 벌어졌을 거야. 핵전쟁이었을 수도 있어. 미국은 이성을 잃은 상태였기 때문에, 무슨 사악한 짓이라도 했을 거야."

"하긴… 같은 인류에게 핵폭탄을 투하한 악마의 국가였으니까, 당시 미국은."

"지금 우리에겐 그 핵폭탄 투하야말로 인류가 저지른 가장 잔인한 범죄였다는 게 상식이잖아. 미국 대통령이 희생자 추모비에 무릎 꿇고 사죄도 했고, 해마다 각국 영화제엔 그 학살에 대한 영화가 만들어지지. 근데 더 웃긴 게 뭔 줄 알아? 연합국이 이겼으면 우린 다른 나라 사람이었을 수도 있어."

"그건 또 뭔 소리야?"

"우린 일본인이지만, 본토 사람들이 아니잖아. 이 반도는 원래 100여 년 전만 해도 전혀 다른 문화와 언어를 가진 국가였어, '조선'이라는."

"그건 알지. 하지만 조선은 평화적으로 일본국에 합병되었는데, 전쟁에 졌다고 해서 그걸 분단시킬 수 있나?"

"뭐든지 가능해. 미국은 명분도 없이 핵폭탄을 투하할 정도로 우리 일본을 두려워했어. 과연 패전 일본을 그대로 뒀을까? 반도 지역뿐 아니라 대만도 강제로 분단시켜서 동북아 지역을 산산조각 냈을 걸. 그리고 지배하는 거지, 서로서로 반목과 견제 속에 어느 하나가 크지 못하게. 영어로 디바이드-앤-룰."

"그럼 일본은 말 그대로 섬나라가 되었겠네. 생각만 해도 우울한걸."

"더 우울한 건 너와 나 같은 반도인들이지. 이 반도는 역사적으로 대륙 세력과 해양 세력의 힘이 부딪치던 곳이었어. 그래서 늘 전화戰禍에 휩싸였던 거지. 내 생각에 만일 연합국이 이겼으면 조선은 강제로 분리되어 반신불수가 되거나, 어쩌면 끔찍한 내전이 벌어졌을 거야. 우리로선 정말 다행인 거지."

"상상도 잘 안 된다, 우리가 일본인이 아니라는 게."

"그래서 역사가 재밌는 거야. 가정이 없는 게 역사라지만, 사실 늘 가정을 하면서 얼마나 끔찍했을지 생각을 해야 돼. 거기에서 교훈을 얻는 거지. 미국이 이겼어 봐. 악마의 민족 유태인들이 전 세계를 지배했을 거야. 예루살렘을 강제로 탈취했을 거고, 어쩌면 불법적인 국가를 세웠을지도 모르지. 난 다른 사람들처럼 히틀러가 인류 역사상 가장 위대한 지도자였다고까지 생각하진 않지만, 과감하게 유태인을 쓸어 버린 거 하난 인정해. 그들은 지구상의 거의 모든 분쟁의 배후에 있었잖아. 지금은 극히 소수만이 남아 있지만."

"그것도 히틀러가 졌으면…."

"그래 맞아. 사실 유태인의 악마적 본질에 대해서는 수천 년의 세월 동안 전 유럽에서 증명된 것이고, 그 총대를 히틀러가 맨 건데, 아마도 전쟁에 졌으면 전혀 다른 역사를 우린 배웠겠지. 유태인은 순결한 피해자가 되었을 것이고, 오히려 히틀러가 악마가 되었겠지. 유태인 수용소를 배경으로 수많은 영화가 만들어졌을 거야. 역사는 승자가 쓰는 거니까."

"끔찍하군."

"'평행우주론'이란 게 있는데, 그에 따르면 다른 차원 어딘가의 너와 나는 지금 그런 지옥 같은 세상에 살고 있다는 거야. 유태인이 장막 뒤에서 모든 걸 지배하고, 위대한 지도자 히틀러는 악마가 되어 있고, 이 반도는 일본조차 아닌 채 분단과 전쟁과 독재와 가난이 오랫동안 이어지는 그런 세상에 말이지."

"야야, 거기까지! 그런 SF 드립까지 받아 주기엔 내일까지 풀어야 할 삼각함수 문제가 더 시급하다 친구야."

"그래 뭐 이 정도하자. 나도 공부 할란다. 그 다른 차원의 나도 결국 대학 갈라면 공부했겠지? 젠장, 인생 별로 다를 거도 없네."

WHAT IF

'카레' 에 관한 이야기를 해볼까 합니다. 저는 카레를 좋아합니다. 맛도 있고 영양학적으로도 나쁘지 않은, 훌륭한 음식이라고 생각합니다.

문제는 카레 추종자들입니다. 이 세상에 오로지 음식은 카레밖에 없다고 말하는 그들의 독선적 태도 말입니다. 아마도 거기에는 크게 두 가지 이유가 있을 텐데, 카레가 단지 이 세상의 수많은 음식 중 하나에 불과하다는 '상식' 의 '적극적 결여' 가 그 하나일 것이고, 카레라는 음식에 깃든 정신 자체가 배타적인 것이 다른 하나일 것입니다.

그러나 생각을 해보십시오. 배가 고파 음식을 먹는 것이지, 음식이 있어 배가 고픈 게 아닙니다. 당신들 카레 추종자들은 이 간단한 선후 관계를 혼동합니다. 배가 고파 카레를 먹는 게 아니라, 카레가 먼저이고 배고픔은 뒷전이 되는 것이지요. 도대체 인간의 주린 배를 채우지 못하고, 그 식은 피를 데우지 못하는 음식이 무슨 소용이 있단 말입니까.

카레는 이 세상 약 4,300여 가지 음식 중의 하나에 불과할 뿐입니다. 배가 고플 때 '음식을 먹는 것'은 '필수'이지만, '카레를 먹는 것'은 '선택'일 뿐인데, 카레 추종자들은 "배가 고프면 카레를 먹어야 한다."는 것을 '당위'의 수준으로 끌어올리지요. 어이가 없는 일입니다.

카레뿐 아니라 우동도, 스파게티도, 스시도, 순두부찌개도, 피자도, 김밥도, 떡볶이도, 타코, 핫도그도 모두 저마다의 독특한 미감과 향취와 조리 방식과 탄생에 얽힌 일화들이 있고, 당신들보다 훨씬 진실한 애호가들이 있습니다. 존중하시기 바랍니다.

카레 추종자들은 그 모두를 부정하며 오로지 카레만이 진정한 음식이라고 우기지만, 그 음식들 중에는 카레가 태어나기도 전부터 수천 년 간 인류의 피와 살이 되어온 음식도 있고, 카레가 그 레시피의 상당 부분을 베껴 왔다고 의심받는 이집트, 메소포타미아, 수메르 지방의 요리도 있습니다. 건방 떨지 마시기 바랍니다.

당신이 카레가 전혀 없는 국가, 예를 들어 콩고나 짐바브웨에서 태어났다면 전혀 다른 음식의 애호가가 되어 지금과 똑같이 그 요리를 찬양했으리란 건, 당신의 카레 사랑이 절대적인 운명이 아니라 지극히 가변적이고 상대적인 우연에 불과하다는 것을 뜻합니다.

심지어 과학 기술의 발달로, 식사를 알약 하나로 대신할 수 있어 '음식의 존재 이유' 자체가 의심받는 시대에, 특정 음식의 절대적 가치를 주장하는 것은 시대착오라는 말로도 부족한 '무지의 죄악', 그 자체입니다.

게다가 당신들의 '카레'는 제대로 된 '커리'조차 아닙니다. '커리'를 처음 만들어 낸 요리사의 정신은 진실로 숭고한 것이었지요. 그 '커리'가 세월의 흐름 속에서 정치화, 상업화되고 추악하게 변질되어 껍데기만 한국에 '김미 초콜릿 플리즈 아메리칸 솔저 알라뷰' 식으로 흘러들어온 것이 바로 '카레'입니다. 쪽 팔린 줄 아시기 바랍니다.

저 대형 카레 전문점의 주방장들을 보십시오. 요리에 혼을 담기는커녕 화려한 인테리어와 간지러운 음악과 건강에 해로운 싸구려 미원 맛으로 손님들 주머니나 털다가, 자격도 없는 양아치 아들에게 식당 물려줄 생각이나 하지 않습니까. 밤에 남산 위에서 서울 시내를 내려다보면 온통 시뻘건 카레 집 네온으로 가득합니다. 정말 '처치' 곤란합니다.

커리도 아닌 카레에 미쳐 삼시 세끼 그것만 드시며 영양 불균형으로 눈멀어 가는 카레 추종자들이 저는 그저 안타깝습니다. 카레 이전에도 세상은 있었고, 카레 이후에도 세상은 있습니다. 카레 밖의 세상을 보시기 바랍니다.

제발 죄 많은 혀 그거 달렸다고 뭐라 뭐라 웅얼이하지 말고, 징그러운 손가락 여러 개 붙었다고 키보드 토도도동 하지 말고, 특히 '카레 레시피' 읽어 보라 개소리 말고 (할일 없냐?), 그냥 제발 좀 반성 좀 하시기 바랍니다. 카레 안에서 반성하지 말고, 카레 자체를 반성하시기 바랍니다. 카레 땜에 온 세상이 똥색입니다.

겸허한 반성과 자기부정 위에서야 한때나마 위대했던 '커리'로 회귀하는 길은 비로소 열릴 것입니다.

카레 얘기입니다.

디어 커리스찬

창가 쪽 좌석에 앉아 멍하니 행인들을 구경하는 저 50대 남자는 불과 2년 전 기적처럼 로또 1등에 당첨이 되었으나 정확히 14개월 만에 모두 뿌리고 뜯기고 날려 한 푼도 남지 않게 되었습니다.

그 남자의 대각선 쪽에 혼자 앉아 캐러멜 마키아토를 홀짝이는 저 어마어마한 미녀는 마침내 꿈에 그리던 연예계 데뷔에 성공했으나 그 대가로 오늘밤에도 원치 않는 술자리에 나가야만 합니다.

멀리서 그녀를 흘깃흘깃 훔쳐 보는 야구모자 쓴 청년은 초등학교 5학년 때부터 공부 이외의 모든 걸 인생에서 지워 결국 서울대에 갔지만, 취미도 친구도 없어 오늘처럼 쉬는 날엔 뭘 해야 하는지 알지 못합니다.

그 바로 뒷자리에 앉아 아메리카노와 녹차 라테를 각각 마시며 심각하게 이야기를 주고받는 30대 후반의 부부는 8년 간 불 같은 연애 끝에 집안과 주위의 반대를 이겨내고 결혼에 골인했지만 서로가 아메리카노와 녹차 라테만큼 다르다는 걸 확인하는 데는 2년도 걸리지 않아 이제 이혼 절차를 밟으려 합니다.

그 부부에게 껌 하나 사라며 지금 손을 내민 저 할머니의 외동아들은 마흔여섯이 되도록 장가를 못 가다가 교회에서 만난 서른아홉짜리 맘씨 천사 같은 배필을 만나 여러 사람의 축복 속에 식을 올린 지 넉 달 만에 뺑소니 교통사고를 당해 현재 뇌사 상태에 빠져 있습니다.

거절당한 할머니의 주름진 손등을 물끄러미 바라보고 있는 30대 남자는 오늘 변호사 시험에 최종 합격을 하였으나 머릿속에는 영화 시나리오 쓸 생각뿐입니다.

20년 가까이 모은 돈으로 이 카페를 차렸을 때는 세상 다 가진 것 같았지만, 우후죽순 생기는 경쟁 카페들로 인해 현상 유지나 겨우 하고 있는 50대 사장은 나날이 담배만 늘어갑니다.

카페 Happy Ending의 저물어 가는 오후 풍경

눈을 뜨자마자 아이폰을 향해 손을 뻗는다. 가로 다섯 개, 세로 네 개씩 총 스무 개의 아이콘. 그중에 파란 바탕 위 하얀 소문자 f가 그려진 페이스북 아이콘이 있다. 그 오른쪽 상단에는 동그랗고 빨간 알림 표시가 있는데, 거기 표시된 숫자는 내 담벼락에 사람들이 남긴 글, 받은 메시지, 내 사진과 글에 찍힌 라이크와 댓글의 개수를 뜻한다. 몇 시간 확인을 못하면 백 개를 넘어가기도 한다. 남자들은 끊임없이 내게 말을 건네온다. 그들에게 나는 여신이다.

페이스북을 알게 된 건 3년 전이었다. 자꾸만 권하는 한 친구 때문에 가입을 하게 되었다. 처음엔 적응하기 힘들었다. 사람들은 그래픽 디자이너라면 일상도 컴퓨터 친화적일 것으로 생각하지만, 적어도 나는 아니다. 일터에서 하루 종일 컴퓨터 화면을 들여다보다가 집에 와서까지 키보드를 두드리고 싶지는 않은 것이다. 딱히 쓸 말도 없었다. 오프라인에서도 손에 꼽는 사람들만을 만나고, 그들에게조차 속내를 터놓지 못하는 내게 '페친(페이스북 친구)'이라는, 과도하게 균등화된 명칭으로 엮여진 불특정 다수에게 지금 내 기분이 어떤지, 점심에 뭘 먹었는지, 누구와 연애 중인지 따윌 말하는 건, 길 한복판에서 옷을 벗는 것과 크게 다르지 않은 행위였다.

몇 개월 눈팅만 했는데, 금방 질려 버렸다. 오프라인에서의 좁은 인간관계가 페이스북에서라고 크게 달라지지는 않기에, 30명이 채 안 되는 고만고만한 친구들이 올리는 신변잡사가 오래 흥미를 끌지는 못했던 것이다. 점점 친구의 친구, 혹은 전혀 모르는 사람들의 프로필을 들여다보는 일이 잦아졌다. 세상엔 정말 예쁘고 잘난 사람들이 많았고, 그들은 자신에 대해 말하는데 전혀 주저함이 없었다. 그들이 올리는 별것 아닌 글과 사진에는 수백 개의 라이크와 댓글이 달리기 일쑤였다.

나의 프로필은 초라했다. 제일 예쁘게 나온 사진을 골라 올렸지만 단 두 개의 라이크를 받았을 뿐이었고, 꽤 정성들여 글을 써 올려도 철저한 무관심의 대상이 되기 십상이었다. 나는 황급히 그 글들을 지우며 비참한 기분이 되곤 했다. 이곳은 그런 곳이었다. 내 존재와 내 생각의 가치를 타인들이 다수결로 결정하는 곳.

평범한 외모와 평범한 학벌과 평범한 직장을 가지고 살아오면서, 딱히 다른 이에 대한 열등감이나 질투심에 시달려 본 적은 없었다. 주어진 환경에서 최선을 다했기에 나름의 자부심도 있었다. 페이스북으로 인해 뒤틀리기 시작했다. 뻔히 뜯어고친 얼굴에 포토샵질까지 한 사진에다가 시인지 수필인지 모를 글을 올려놓고 사람들의 갈채를 받는 여자들이 가장 미웠다. 그녀들이 조금만 힘들다고 징징대면, 마치 제 딸이라도 된 듯 그녀를 위로하지 못해 안달 난 수많은 남자들의 댓글이 주렁주렁 달리곤 했다. 관심 없는 척하지만, 즐기고 있겠지.

개 같은 년들.

가짜 프로필을 만든 건 2년 전이었다. 일종의 복수심이었다. 어려운 건 전혀 없었다. 이메일 계정이 하나 더 필요했고, 사진 몇 장이 필요했다. 처음에는 홍콩이나 일본의 모델 사진을 쓸까도 했지만, 기어코 내 사진을 썼다. 물론 아주 많이 손을 보았다. 평범한, 아니 사실 못생긴 편에 가까운 내 얼굴을 흔히 하는 말로 '요정'으로 바꿔 놓는 건, 고등학교 때부터 포토샵을 다뤄 온 내겐 전혀 어려운 일이 아니었다. 몸매도 슈퍼 모델 부럽지 않게 보정했다. 나는 그런 사진 몇 장을 올려놓고, 남자들에게 친구 신청을 했다. 몇십 명이면 충분했다. 이미 나는 이곳의 생리를 모두 파악했던 것이다. 조만간 오는 친구 신청을 수락하기도 바빠지겠지.

모든 건 예상한 대로 흘러갔다. 곧 물밀듯이 친구 신청이 들어오기 시작했던 것이다. 대부분이 남자였다. 메시지 함은 점점 이메일의 스팸 폴더처럼 되어 갔다. 번호를 달라거나, 만남을 요구하는 건 차라리 애교였다. 자신의 성기 사진을 찍어 보내는 사람, 다짜고짜 욕설을 퍼붓는 사람, 어쩌라는 건지 자기 인생 '자서전'을 매일 써 보내는 사람까지, 한 마디로 가관이었다. 젊은 애들 뿐만이 아니었다. 교수니 목사니 자신들의 프로필에선 근엄하고 고상한 얘기만 늘어놓는 분들도 개인 메시지론 추태를 부렸다. 세상의 다른 면을 보는 건 그다지 어려운 일이 아니었다.

아주 가끔씩 가짜 프로필을 의심하는 사람들이 있었다. 귀찮았지만, 나의 '판타지 월드'를 지키기 위해 몇 가지 조치를 취했다. 졸업 년도를 밝히지 않은 채 몇몇 좋은 학교의 이름을 등록했고, 유학도 다녀온 걸로 했으며, 두어 명의 '절친' 프로필을 만들어 내 오프라인에서의 실존을 알리바이 세워 줄 증인으로 삼았다. 가지도 않은 곳에서 그들과 태그를 한 다음 그들의 아이디로 '어제 잘 들어갔어…?^^' 같은 글을 남길 때면 입가에 쓴 웃음이 흘렀다.

현실의 '김윤정'은 인간이지만, 페이스북의 '김유니'는 여신이다. 아이폰의 파란 아이콘을 누르는 순간 나는 감춰 뒀던 날개를 펴고 눈부시게 아름다운 여신으로 환생한다. 사람들은 나를 찬양하고, 칭송하고, 숭배한다. 그들은 내가 외롭고 우울할 때면 세상에서 가장 따뜻한 언어로 나를 위로한다. 노래를 추천해 달라고 하면 동서양의 명곡들이 빌보드 차트보다도 화려하게 쏟아진다. 어딜 가든 글 하나 올리면 그 지역 최고의 맛집 리스트가 경쟁하듯 올라온다. 그런 '친구' 가 5천 명이고 팔로워는 수만 명이다. 나는 그들의 여신이다.

이건 진짜 내가 아니야—그런 생각을 한 적이 있다. 인간으로 돌아와 거울을 보던 순간이었다. 이 정도에서 멈출까. 그때 거울 속의 김유니가 말을 건네 왔다. 그럼 진짜는 뭔데. 어차피 여기나 거기나 마찬가지야. 너는 사람들이 원하는 존재가 될 때만 가치가 있지. 넌 네가 나를 만들었다고 생각하겠지만, 난 원래부터 있었고 어디에나 있어. 네가 나를 거울 너머에서 보듯, 이곳에서 나도 너를 보고 있어. 우린 둘 다 진짜고, 둘 다 가짜야.

그녀를 본다. 천천히 오른손을 든다. 그녀는 왼손을 든다. 고개를 오른쪽으로 돌린다. 그녀는 왼쪽으로 돌린다. 도도한 눈빛으로 미소를 짓는다. 그녀도 같은 표정을 짓는다. 우리는 동시에 말한다. 너는 예뻐. 너는 사랑스러워. 너는 특별해. 너는 완벽해. 너는 아름다워, 아름다워.

너무 아름다워.

오! 나의 여신님

남: 니가 지금까지 여친으로서 나한테 잘해 준 거 하나만 얘기해
봐.

여: 너무 많아서.

남: 대표적인 거 하나만.

여: 일단, 어젯밤에 헤어질 때 오빠가 나 집까지 데려다줄려고 했
잖아?

남: 했지.

여: 근데 내가 그냥 혼자 가도 된다고 그랬잖아?

남: 그랬지.

여: 오빠를 배려했던 거야.

남: 응.

여: 응.

남: 응?

여: 어?

남: 뭐라구?

여: 뭐가?

남: 무슨 얘기야?

여: 뭐가 무슨 얘기야?

남: 나한테 잘해 준 게 뭐라고?

여: 그거.

남: 응?

여: 뭐?

남: 여보세요?

여: 여보세요, 안 들려?

남: 들려. 나한테 잘해 준 거가 뭐라구?

여: 그거.

남: 응?

여: 배려했잖아?

남: 누가?

여: 내가.

남: 누굴?

여: 오빠를.

남: 뭘?

여: 뭐가?

남: 지금 무슨 소리하는 거야?

여: 뭘 무슨 소릴 해?

남: 아니 잘해 준 게 뭐냐니까?

여: 도대체 몇 번 말해야 알아들어?

남: 응?

여: 됐어, 고만해. 오빠같이 이기적인 남자 못 만나겠어. 다른 남친들은 이러지 않는다더라. 내 친구 남친은 구찌 가방 사 주려고 콩팥도 하나 팔았고, 다른 친구 남친은 고기 먹고 싶다니까 허벅지 살 이만큼 잘라서 바베큐 파티 열었다더라. 정말 오빠 너무 이기적이고 자기밖에 몰라. 내가 오빠가 이러니까 잘할 수가 없어. 솔직히 이제와 얘기지만 내가 지금까지 바람 11번 폈는데 오빠가 나한테 잘했으면 그랬을까? 그 중 7명이랑 섹스 했는데 하면서도 오빠가 좋아하는 후배위는 안 하려고 최선을 다했고, 물론 그렇다고 안 한 건 아니지만 아무튼 하고 나서도 늘 오빠한테 미안해서 더 잘하려고 노력했던 나를 이제 놓치고 오빠가 얼마나 후회할지 생각하면 가슴이 아프지만 우리 인연은 여기까진 거 같아. 나 진짜 최선을 다해 사랑했기에 후회는 없어. 안녕, 사랑했던 오빠…… 부디 행복하길.

남: 응?

?

응?

30대 중반의 중학교 동창 정수와 재현은 그 순간이 다가오고 있다는 걸 느끼고 있었습니다. 부어라 마셔라 하던 술과, 한없이 날라져 오던 안주와, 과거의 회상과 현재의 근황과 미래의 다짐을 넘나들던 유쾌한 이야기들에 대한 대가를 지불해야 하는 '계산의 순간' 말입니다. 그들은 이 순간 호기롭게 "내가 낼게!"를 외쳐, 약 17초간의 존경과 감사를 받는 것이 전혀 수지타산이 맞지 않는 일이라는 것 또한 알고 있었습니다.

그리하여 정수는 일단 **신발 끈 묶기** 선제 공격에 들어가는데, 이런 때를 위하여 미리 신발 끈이 촘촘하여 일반 구두보다 3배 이상 오래 걸리는 특수 구두를 맞춰 두었습니다. 그러나 재현도 만만치는 않아서 **나 잠깐 화장실 다녀올게** 카운터 펀치로 대응을 하는데, 대개 화장실에 다녀오면 계산은 끝나 있으니 짐짓 놀란듯 **너 계산했어? 야 이 씨… 인마…**라고 연기를 해주면 될 것이었습니다.

오줌을 싸고 정성스레 손을 씻은 후 잠시 명상과 단전호흡까지

하고 왔으니 상황이 종료됐으리라 믿었던 것은 그러나 오판으로, 정수 또한 간단치 않은 내공의 소유자로서, **어딘가와 심각하게 통화하기** 초식이 한창이었던 것입니다. 직장상사에게 혼나는 듯한 통화 내용만으로도 샐러리맨의 페이소스를 공유하는 자로서 절로 계산을 하고 싶게 만들었는데, 바로 이어서 **씨발, 나 아무래도 잘릴 것 같아** 2연타 콤보가 작렬하자, 어지간한 재현조차도 이거 오늘은 내가 계산해야겠구나, 하는 나약한 마음을 먹게 되었지요.

하지만 이내 평정심을 찾은 재현은 이렇게 무너질 수 없다는 생각으로 비장의 **엎드려 오열하기** 신공에 들어가는데, 건강이 지나치게 좋아 지리산 천왕봉을 슬리퍼 신고 완주하는 어머니가 병상에 계시다며 통곡을 하기 시작한 것입니다. 정수는 순간 치명상을 입고 지갑에 손이 갈 뻔했으나, 이내 정신을 가다듬고 **토하는 척 가게 밖으로 달려나가기** 필살기를 펼치려는데, 재현의 온몸을 던진 **술 취한 척 사랑한다 친구야 껴안기** 진로방해로 뜻을 이루지 못하고, 둘은 팽팽한 대치 상태에 놓이게 되는데, 일촉즉발의 긴장 상태로 상대의 내공을 가늠하던 둘은 누가 먼저랄 것도 없이 **나 사실 지갑 안 가져왔어**를 동시에 외치고 마는 것입니다.

이 초절정 고수 둘의 한 합 한 합을 숨죽이고 지켜보던 다른 손님들은 그 순간 우레와 같은 박수와 환호성을 보내기 시작했고, 반포

동에 사는 장모 군은 "정말 열심히들 산다." 며 먹던 과일 쪼가리를 던졌으며, UFC 팬인 우모 군은 '효도르-크로캅전 이후 최고의 명승부' 라 칭송하였고, 주인은 '밥 장사 32년 만에 처음 느껴 보는 전율' 이라며 밥값을 받지 않을 것을 선언하였습니다. 26,500원을 두고 벌인 그들의 현란했던 춤사위는 그 자리에 있던 모든 이들의 마음에 영원히 지워지지 않을 아름다운 감동으로 길이 기억될 것입니다.

정말 열심히들 산다

용진: 재현아, 이번 토요일에 시간 좀 내줄 수 있겠어?

재현: 바쁠 거 같은데. 수학이랑 영어 과외 토욜이거든. 뭔 일 있어?

용진: 으응, 너를 좀 구타할까 해서.

재현: 뭐, 나를? 아니 왜??

용진: 으응, 너를 구타하기로 한 내 결심은 어떤 단일 사건에 대한 반사적 대응이라기보단, 중학생이 된 이후 쭉 친구로 지내온 우리 지난 3년여의 시간 동안 너와 나 사이에 축적되어 왔던 복잡다단한 감정의 앙금을 단번에 털어 버리고 가겠다는 전향적 결단이라고 봐야 할 것 같아. 그 감정의 앙금은 뭉뚱그려 얘기하면 나의 욕구와 너의 욕구 사이의 반복적 충돌, 혹은 그 방향성의 불일치로 인해 발생한 것들인데, 이제 그것이 내가 평화적으로 수용하거나 애써 외면할 수 있는 인내의 한계점을 돌파한 것이지.

재현: 으음… 뭔진 몰라도 말로 할 순 없을까?

용진: 으응, 물론 대화와 타협이 왕도로 추앙받는 이 평화로운 시대에 주저 없이 폭력을 문제 해결의 방식으로 선택한 내 결정에 네가 이의를 제기하는 건 당연해. 하지만 한번 생각해 보자. 정말 폭력은 '악'일까? 내 생각엔 '선과 악' 자체가 지극히 인위적인 개념으로서, 공동체의 질서를 유지하기 위해 '발명'된 것들이지 처음부터 자연적으로 존재했던 게 아니거든. 아니 백 번 양보해서 그런 '본래적인 악'이 있다고 쳐도, 폭력을 그 '악'의 범주에 포함시키기는 망설여져. 해저나 정글이나 초원을 살아가는 동물들을 봐. 먹이를 얻고 교미 상대를 찾고 영역을 지키기 위한 모든 행위는 폭력으로 귀결되지. 거의 모든 갈등이나 문제 해결의 유일한 수단이 바로 폭력이야. 폭력을 포기하는 순간 대부분의 동물들은 생존할 수도 번식할 수도 없게 되지.

재현: 우린 동물이 아니고 인간이잖아…!

용진: 으응, 인간이라고 다르지 않아. 문명화된 사회에서 폭력은 사라진 것이 아니라, 원칙적으로 그 행사권을 국가에게 위임한 것뿐이거든. 내부적으론 경찰이, 대외적으론 군대가 폭력을 행사 혹은 암시함으로서 그 집단적 의지를 관철시키는 것이지. 미국이 최

근에 일으킨 전쟁들을 봐. 결국 최후의 순간에 중요한 건 무력이잖아. 미국의 국제사회에서의 위상도 그 바탕에서 나오는 것이고. 폭력 없인 작동하지 않는 세계에서 폭력을 악으로 규정한다면, 과연 그런 세계를 만든 신은 선한가? 라는 신학적 질문에마저 도달하게 될 테지.

재현: 그럼… 니가 나를 때려서 얻고자 하는 건 뭐야?

용진: 으응, 두 가지 측면이 있을 것 같아. 그 하나는 카타르시스의 획득이야. 현대사회는 개인의 본능적인 공격 욕구를 억제함으로서 공공의 질서를 유지하는데, 이는 필연적으로 그들의 의식 세계에 건강하지 못한 왜곡을 유발하지. '합법적인' 방식으로 그런 억압감에 대한 해소를 추구하는 게 바로 스포츠인데, 억압과 규율이 강한 집단일수록 그 표출이 과격해지는 것은 '신사의 나라' 영국이 축구만 하면 홀리건 천국이 되는 게 단적인 예일 거야. 하지만 팔씨름이나 100미터 달리기를 통해 우리의 갈등을 해소할 이유가 없음은 자명해. 우리는 중학생이잖아. 미성년자지. 그 정도가 지나치거나 집단적인 행사가 아니라면 우리 연령대의 폭력은 사회화 과정의 일부로서 용인되는 게 일반적이야. 우리가 속해 있는 학교라는 집단은 자유로운 개인들을 사회화하는 일종의 공장이라고 할 수 있는데, 그 시스템의 최전방에 있는 선생조차도 겉으로는 '폭력은 나

빠' 라고 하지만 뒤돌아서서는 '애들이 싸우면서 크는 거지' 라고 말하잖아. 그렇기에 너를 응징함에 있어 나는 최대치의 카타르시스를 얻을 수 있는 폭력이라는 수단을 선택하지 않을 이유가 없는 것이지. 주먹과 발로 전해지는 타격감과, 시각적으로 무너져 가는 너의 못난 육체를 바라보는 정복감, 그리고 애처로운 너의 비명과 애걸이 청각 신경을 자극하는 실로 전감각적인 경험이 될 거야. 벌써부터 흥분 돼서 온몸이 떨려온다.

재현: 나도 온몸이 떨려오네, 좀 다른 이유로⋯ 그래 어쨌든, 두 번째는 뭐지?

용진: 으응, 내가 너를 구타하려는 것은 단지 한 번 시원하게 배설하기 위함만은 물론 아니야. 난 우리의 우정을 상당히 장기적으로 보고 있어. 너에 대해 다각적으로 검토한 결과, 평생 동안 관계를 지속해도 좋은 친구라는 긍정적 결론에 도달하였어. 하지만 지금처럼 서로의 욕구가 충돌할 때 어느 쪽이 우선권을 가져야 하는가에 대한 명확한 교통 정리가 이루어지지 않는다면, 우리의 관계는 늘 갈등과 부딪힘으로 점철될 거야. 그건 발전적이지 못하지. 그걸 정리하기 위한 게 어쩌면 첫 번째 이유보다 클지도 모르겠어. 즉 너를 구타함으로서, 이 우주에서 네가 얼마나 보잘 것 없는 존재인가를, 그리고 네 육체가 얼마나 나약한가를 깨닫게 하고, 그 한계 위에서

우리의 서열을 명백히 하려는 것이지. 고통은 일반적으로 생명에 대한 위협을 감지한 뇌가 자가 발전하는 위험 신호로, 굉장히 견디기 힘들게 프로그래밍 되어 있어. 나의 구타로 네 온몸에 각인된 고통의 기억은 다시 우리의 욕구가 충돌할 때 너로 하여금 나의 욕구가 우선적인 가치라는 것을 상기시키게 도와줄 거야.

재현: 후우… 그래…… 그래서 도대체 얼마나 때릴 거지?

용진: 으응, 다음과 같이 계획해 보았어.

1) 에피타이저 구타: 날렵하면서도 정신이 번쩍 드는 따귀를 준비해 봤어. 알다시피 따귀는 타격용이라기보단 정서적 모욕감 고취를 그 주목적으로 하지. 바로 본격적인 타격으로 들어가기보단 약간의 욕설을 동반한 따귀로 경쾌하게 시작함으로서 곧 수립될 우리의 상하 관계를 암시하고, 바로 이어지는 구타 플랜에 대한 너의 적응도를 높이려는 것이야.

2) 메인 구타: 일단 배를 좀 때릴까 해. 명치를 맞으면 숨 쉬기가 힘들어질 텐데, 이는 그동안 너로 인해 스트레스 받아 호흡곤란이 올 뻔했던 나의 숨 막힘을 한번 느껴 보라는 뜻이지. 그 후에는 로우킥을 5~7대 정도 날릴 건데, 너 같은 놈은 서 있을 자격도 없다는

생각을 담은 꾸중이라고 볼 수 있어. 그리고는 죽방을 5~10방 정도 날리게 될 텐데, 죽방은 잘못 맞지 않는 이상 뼈나 이빨이 부러질 염려도 없으면서 골을 강하게 흔들 수 있는 가장 대중적인 공격기로, 네 버르장머리 없는 뇌를 흔들어 잘못된 생각을 고쳐 놓겠다는 깊은 뜻을 담은 거야. 물론 이는 대략의 계획으로, 실제 구타시에는 여러 가지 추가 혹은 변동이 있을 수 있어. 그리고 그럴 리는 없겠지만 니가 만약 반격한다면 거기에 2.5배 정도 얹은 정성스런 재반격이 이루어질 거야. 거기에는 처벌과 함께 재발 방지의 목적이 있지.

3) 디저트 구타: 이 단계는 이제 실제적인 타격은 필요하지 않은 단계라 할 수 있어. 이미 메인 구타 단계에서 너의 근골은 만신창이가 되었을 거거든. 여기선 일단 너의 뒤통수를 따악 따악 때릴 건데, 그 모욕적인 행위에 대한 너의 반응으로써 지금 이 상황이 예고하는 우리의 새로운 서열 관계에 네가 정말 진실되게 순응하고 있는지 여부를 판단할 수 있지. 삐딱하게 나올 경우 다시 전 단계로 돌아갈 거고, 아니라면 마무리로 들어갈 거야. 마무리는 소주를 준비했어. 소주병으로 깔려는 건 아니고, 너에게 소주를 따라 주면서 "내가 너 싫어해서 그런 거 아닌 거 알지… 새꺄 난 친구 너뿐이야." 같은 감성 멘트를 날림으로서 이제 새로운 질서가 우리 사이에 견고하게 수립되었음을 공식화하는 거지.

재현: 들기만 해도 정신이 돌아버릴 것 같네… 그래… 어디로 나가면 되냐……

용진: 으응, 아무래도 전통의 한강시민공원이 좋을 것 같아. 잠원지구 쪽에 봐 둔 곳이 있어. 마음껏 구르고 비명을 지르며 매질을 당할 수 있는 널찍한 공간감을 제공하는 장소야. 바닥에 돌이나 깨진 유리도 없어서 네가 얼마든지 굴러도 다칠 염려가 없겠더라고. 마음껏 네 꿈을 펼칠 수 있겠더라고…!!

재현: 너 약간 터프한데 배려심 많은 스타일이구나.

용진: 으응, 우린 친구니까.

재현: 피할 길은…… 없는 건가?

용진: 으응, 없을 거라고 보는 게 타당할 거야.

재현: 힘든 시간이 되겠지?

용진: 으응, 하지만 그런 말이 있잖아, "이 또한 지나가리라."

재현: 그 말이 이렇게 절망적으로 들리긴 첨이야.

용진: 으응, 힘내고 토요일 날 보자 친구야!

재현: 그래……

구타毆打의 변辯

아이는 아까부터 꼬르륵거리는 배를 어루만지며 '배부르다' 라고 말한다. 그 다음 이미 어둑어둑해진 창밖을 보며 '눈부신 햇살이야' 라고 속삭인다. 망가진 장난감 자동차를 향해서는 '너무나 멋진 새 자동차구나' 라 감탄하고, 고성이 오가는 방문 밖의 소리에 대해 '엄마와 아빠는 사이가 좋으셔' 라 미소를 짓는다. 여전히 배는 고프고, 날은 한층 더 어두워졌으며, 장난감은 부서져 있고, 방문 밖에선 물건 부수는 소리가 들려온다. 아이는 두 무릎 사이로 고개를 파묻은 채 되뇌인다. "나는 행복한 사람이야."

천연두에 걸려 죽음의 문턱을 넘나들 땐 의사에게 '제 병은 착한가 봐요. 하나도 아프지 않아요' 라 말했고, 집안 형편으로 학교를 그만두게 되었을 땐 '이제 내가 나의 선생님이네' 라 웃어 넘겼고, 습관적으로 매를 드는 아버지에게 '아빠 손 아프지?' 라며 걱정했고, 마을의 젊은 남자와 바람난 어머니가 집을 나갔을 때는 '여행 잘 다녀와요, 엄마' 라며 손을 흔들었다. 모두들 아이가 미쳤다며 가여워했다.

첫 번째 부인과 사이의 아이가 다른 남자의 아이임을 알았을 땐 '키 작은 나를 닮지 않을 테니 다행이네' 라 말했고, 아내와 아이가 결국 친부에게로 떠나갔을 땐 '드디어 온 가족이 다시 모이겠구나' 라 기뻐했으며, 심성과 외모 모두 곱지 않은 두 번째 부인을 '세상에서 가장 아름다운 공주' 라고 부른 그는, 늙은 어머니가 만신창이가 되어 30년 만에 찾아왔을 땐 '여행은 어땠어요, 엄마? 날이 추워요' 라 말하며 하염없이 흐르는 그녀의 눈물을 닦았다. 채 두 달도 지나지 않아 그녀가 숨을 거두었을 땐 '늘 사랑해 주어서 고마웠어요, 편히 쉬어요 엄마' 라 속삭이며 그녀의 차갑게 식은 두 손을 언제까지고 어루만졌다.

늙고 병든 몸으로 매일 아침을 맞으며 '나에게 또 멋진 하루가 주어졌구나!' 라 외쳤고, 더럽고 좁은 집을 '웅장한 나의 저택' 이라 불렀고, 백내장으로 결국 시력을 잃었을 땐 '이제 귀가 더 밝아지겠구나' 라 말했고, 용변을 가리지 못해 며느리에게 구박 받을 땐 '마치 어린아이로 돌아간 것 같구나' 라며 웃던 그는 마지막 숨을 거두는 병실 안에서, 이제 아무런 감정도 남지 않은 부인과, 지친 몸을 이끌고 의무감으로 찾아오는 아들과, 어서 이 모든 게 끝나기만을 바라는 며느리와, 그저 울어 대기만 하는 어린 손주들을 바라보며, 힘겹게 마지막 말을 남긴다.

"……어린 시절, 배고픔을 잊기 위해 '배부르다' 라고 말하던 순간에도 그 지독한 배고픔은 그대로였습니다. 집을 나가던 어머니의 뒷모습에 '여행 잘 다녀와요' 라고 말할 때 사실 제 가슴은 칼로 찢듯이 아팠습니다. 30년 만에 그녀를 보았을 때 사실은 왜 어린 나를 두고 떠났느냐고, 너무나 힘들었다고 원망하고 싶었지만, 나는 그저 '여행 잘 다녀왔어요, 엄마?' 라 말했을 뿐입니다. 정말로, 정말로 삶은 고통과 슬픔으로만 가득하였습니다. 어린 내가 할 수 있는 건 다만 불행을 불행이라, 고통을 고통이라 부르지 않는 것뿐이었습니다. 내가 하는 말은, 말이라도, 너무나 행복한 사람의 그것이길 바랐습니다. 누군가 내 인생을 내가 살면서 한 말로만 들으면, 더없이 행복한 인생이었구나, 느끼길 원했습니다. 당신들이 생각하듯 미쳐서 그런 것이 아니라, 미치지 않기 위해 그랬던 것입니다. 그것이 내가 고통을 견뎌 내는 방식이었지만, 아주 긴 세월 동안 불행을 행복이라 부르다 보니 어느 순간, 놀랍게도 내게 행복과 불행은 크게 다르지 않은 것이 되어 있었습니다. 어떤 어둠 속에도 한 줄기 빛은 있었고, 어떤 불행 속에도 또 살아지게 하는 작은 희망은 존재했던 것입니다. 나는 불행을 불행이라 인정하지 않음으로서 불행을 견뎌 낼 수 있었습니다. 모두 고마웠습니다. 불행하지 않은… 행복한 삶이었습니다."

인생은 아름답다

사랑하는 은영이에게

너도 알겠지만, 페이스북에 누가 이런 거 쓰면 비웃으며 "있을 때 잘하지 뭘 뒤늦게 난리야." 하던 내가 이렇게 공개적으로 글을 쓰게 될 줄은 몰랐어. 우리 헤어진 지 한 달째인데 그동안 널 잊기 위해 죽을 만큼 노력해 봤고, 넌 나쁜 년이라고 자기 최면도 걸어 봤지만, 역시 난 너 아니면 안 되는 것 같아. 모든 게 나의 잘못임을 이제 알겠고, 피눈물을 흘리며 후회하고 있으니 마지막으로 한 번만 더 기회를 줄 수 없겠니. 너의 사랑을 얻기 위해서라면 자존심 따위 아무 의미 없다고 생각해. 미안해.

우리가 처음 만난 건 2년 전이었지. 대로 녀석이 소개팅 얘기했을 때 별 기대는 없었어. 근데 그날 카페로 걸어 들어오는 널 보며 난 정말로 인형인 줄 알았다. 이런저런 연예인들도 실제로 봤지만 난 너처럼 그렇게 완벽한 조각 미녀는 본 적이 없었거든. 당황하지 않은 척하려 했지만 뜨거운 커피를 물인 줄 알고 원샷 하다 비명 질렀던 날 대로는 아직까지 놀려 대고 있어. 미안해.

그렇게 만남은 시작되었고, 일 년 동안 우린 정말 행복했지. 내가 저주받은 그 말을 하기 전까지 말이야. 미안해.

우리 만난 지 딱 일 년 되던 날, 호텔 레스토랑에서 풀코스 일인당 16만 원짜리 먹고 나와서 클럽 가기 전에 넌 커피를 한 잔 하자고 했지. 그리고 정확히 만난 지 일 년 만에, 난 너의 지갑을 처음 보았어. 난 니 핸드백은 화장품 가방인 줄 알았지, 지갑이 나오는 걸 본 적은 없었거든. 그리고 니가 7천 원짜리 커피를 계산했을 때, '니가 웬일이야 계산을 다하고' 라는 망언을 한 건 정말 고의로 비꼬려는 게 아니라 진짜 놀라서 그런 거였어. 미안해.

너의 화는 쉽게 가라앉지 않았어. 이해해, 내가 그런 헛소리를 했으니까. 전화로 헤어지자면서, 니가 말을 안 해 그렇지 니 친구 남친들은 다 BMW나 아우디 타고, 굳이 기념일 아니어도 에르메스나 루이비통 매장에 가서 지갑이나 이쁜 액세서리라도 하나 사 주려 한다는 얘기 들을 때마다 얼마나 자존심 상하고 속상했는지 아느냐 며 울부짖을 때, 내 가슴도 찢어지는 것 같았어. 미안해.

그러면서도 꼴에 입은 살아서 '그런 놈들 지 돈으로 벌어서

BMW 타는 놈 얼마나 되고, 평범한 회사원인 내가 50일, 100일, 200일, 300일, 생일, 발렌타인데이, 크리스마스 때마다 에르메스는 아니어도 몇십만 원짜리 옷이며 구두며 사 준 건 아무것도 아니고, 일년 동안 수백 번 데이트를 하면서 단 한 번도 계산을 안 해 오늘 날 놀라게 만들었냐, 이 미친년아'는 말을 할 뻔한 걸 보면 난 정말 치졸한 녀석인가 봐. 미안해.

손이 발이 되게 빌다시피해 마침내 우리는 화해했고, 다시 행복한 날들이 이어졌지. 너와의 데이트 비용을 충당하기 위해 야근을 뛰고, 그러다 지쳐서 혹시 전화를 못하면 사랑이 식었냐며 헤어지자고 할 때마다 돌아 버릴 것 같긴 했지만, 어쨌든 행복했어. 미안해.

그리고 마침내 우리는 결혼 얘기를 시작하게 되었어. 둘 다 이제 어린 나이는 아니었으니까. 니가 나의 변변치 못한 집안, 일류가 아닌 대학, 대기업이 아닌 직장, 겨우 신도시에 전세를 얻을 만한 저축을 나무란 건 당연하다고 생각해. 다 내 잘못이니까. 하나뿐인 아들 장가가는데 강남에 집 한 채 해줄 능력도 안 되는 우리 부모님을 욕한 것도 이해해. 엄마 아빠가 존나 게을렀나 봐. 미안해.

너 정도의 미인이 당연히 결혼 자금을 보탠다거나 하는 일은 있을 수 없고, 일류 호텔 식장에 신혼여행은 한 달 동안 지중해로 가야 한다는 건 당연한 건데, 거기다 대고 궁상맞게 "남들 눈 의식하지 말고 조금만 실속 있게 하면 안 될까…"라는 더러운 소릴 하다니, 니가 화난 건 당연해. 미안해.

"이 쌍년아 뭐 지는 전문대 나온 주제에 어디서 인 서울을 까고 지랄이야, 넌 지금까지 번 돈 성형으로 환생하고 남는 건 다 처먹고 처발라 마이너스 통장만 4천이라메, 날보고 그거 다 갚으라메! 우리 부모님 당신들 먹을 거 입을 거 아껴 가며 나 이렇게 번듯하게 키워 놓은 거 죽을 때까지 감사해, 무슨 아파트 같은 거 안 해 줘도 이 쌍년아, 고딩 때부터 알바하고 군대 다녀오자마자 취직해 하루에 5시간 이상 자 본 날이 없게 일했으니 니 년한테 뜯기면서도 전세값이라도 벌어 놓은 거야, 내 친구들은 다 나 인정한다, 이 좆 같은 아리가또 쓰벌 년아, 미안해!!!"

……물론 저런 말을 입 밖에 내진 않았지만, 잠시나마 저런 말도 안 되는 생각을 했던 게 미안해. 아무래도 마귀가 씌었었나 봐, 우리의 사랑을 질투한. 모든 게 내 잘못이야. 한 달 동안 정말 반성 많이 했어. 지금은 하늘을 우러러 조금도 저렇게 생각하지 않아. 그저 내가 부족하고 미안할 뿐이야. 미안해.

말로만 그러는 게 아니란 걸 보여 주려고…나 콩팥 하나 팔았어.

반성의 의미로 마취도 안 하고 뜯어 냈어. 글 쓰는 지금도 꿰맨 데가 정신병 걸릴 정도로 아프네. 우리 그 돈으로 여행이라도 갔다 오자. 미안해.

더 쓰고 싶지만 수술 자국이 벌어져 피가 분수처럼 쏟아지고 있어서 이만 줄일게. 아무래도 구급차를 불러야 할 거 같아. 꼭 내 진심이 전해지길 바래. 사랑해 은영아. 미안해.

PS. 그리고 니 동생 지영이가 너 성형 전 사진 보여 준 거 나 신경 안 써. 그냥 좀 놀랐을 뿐이야. 기적은 예수님만 일으키는 거라고 배웠어서. 지영이는 그거 땜에 니가 쪽팔려서 못 돌아온다던데 아니길 바라. 우리 애 낳으면 성형외과 의사 만들자. 미안해.

미 안 해

미안해

누구나 한 번쯤 그러듯, 나도 중학교 때 한 여선생님을 짝사랑하였다. 당시 20대 후반으로 추정되던 우리의 국어 선생님은 사춘기 소년의 마음을 싱숭생숭하게 만드는 진한 향수 냄새가 인상적인 아담한 키의 여인으로, 여성의 아름다움에 대한 보편적 기준에 그다지 부합하지 않는 심미안을 가진 내가 지극히 주관적으로 보기엔 상당한 미인이었다.

의무 교육이 초등학교로 끝난 걸로 오해했던 나는 아침에 일어나면 먼저 그녀의 수업 시간을 확인한 후 거기에 맞춰 등교를 하곤 했다. 당시 내가 살던 아파트에서 학교까지는 걸어서 십 분 정도의 거리였는데, 같은 길이어도 아침 일곱 시 반에 걸으면 짜증과 불만과 피곤과 저주의 삼만 리지만, 햇살 나른한 오후 한 시에 걸으면 길가에 핀 이름 모를 꽃조차 정답게 인사를 건네오는 동화 속의 한 장면이 되곤 하였다.

쇠랑하는 여인이 있고 안빈낙도하는 삶이 있으니 어찌 시심이 동하지 않으랴. 한 수 끄적인 뒤 그녀에게 보여 주었다. 그녀는 직업병이 발동했는지 감히 내 인생의 첫 시에 감과 배를 들이밀기 시작했다. 이런, 감히 전직 소설가 아들의 DNA를 무시하다뇌⋯. 나는 '그거 사실 랭보가 쓴 건데요'라고, 매우 어이없다는 표정으로 말했다. 그녀는 당황했다. 사람의 얼굴이 한순간에 그렇게 빨개지는 게 만화에서만 가능한 일은 아니었다. 당장에라도 호흡 곤란으로 사망에 이를 것만 같은 그녀에게 나는 곧 '사실 제가 쓴 거 맞아용'이라고 구원의 손길을 내려 주었다.

단지 내 느낌인진 모르겠으나, 그 날 이후 우리는 멀어졌다. 점심 시간이면 그녀 입장에선 '문제아 선도'였겠으나 내 입장에선 '데이트'였던 만남을 가지던 우리의 뒷마당 벤치로 그녀는 더는 나를 부르지 않았다. 대신 키 크고 공부 잘하고 농구 잘하는 녀석들을 불러내 하하호호거리는 그녀를 먼발치에서 피눈물로 바라보며 나는 랭보를 저주할 수밖에 없었다. 빌어먹을 「토탈 이클립스」는 왜 봐 가지고

보통 '어릴 때 짝사랑했던 선생님' 같은 아이템은 가끔 서랍 속에서나 우연히 나오면 그리운 미소 한번 씨익 지어 주고 마는, 어릴 적 좋아했던 팽이나 구슬 같은 느낌이어야 하겠으나, 나는 중학교를 졸업한 지 십오 년쯤 지난 어느 날 한국에 놀러갔다가 그 국어 선생님을 찾아내고야 말았다. 교원협회는 소속 교사들의 프라이버시를 전혀 존중하지 않는 단체였던 것이다.

소름 끼치게도(?) 그녀는 아직도 국어 선생님이었다. 나는 긴 머

리를 풀어헤치고 롱코트를 휘날리며 그녀가 근무하는 강북의 한 여자 중학교로 향하였다. 정문에서부터 약속 장소인 학교 도서관까지 걸으며 나는 잠시 여중딩들 틈에서 아이돌 스타가 된 기분을 느낄 수 있었다. 홍해 바다처럼 갈라지는 중딩들이여, 옵하도 중딩 시절이 있었노라, 그 시절 사랑하던 여인을 만나러 지금 이곳에 왔노라……

무심하고도 잔인한 세월을 상대로 나름 선방해 낸 그녀가 몇몇 학생들과 교내 도서관에 앉아 있었다. 갑자기 우리를 갈라 놓았던 십몇 년의 세월은 봄날 살얼음 녹듯 스러지고 나는 다시 수줍은 중학생 소년이 되어 가슴 설렐… 정도는 비록 아니었지만, 어쨌든 (고맙게도) 폭삭 늙거나 돼지가 되지 않은 그녀가 나를 보며, 조금 어색한 듯 웃고 있었다. 7시 방향엔 눈은 책에 있지만 귀는 우리의 대화에 고정된 여중딩 둘, "여어 이 선생 좋겠어~" 하고 휘파람 불며 사라지는 남선생 하나, 자꾸 들락날락하는 엑스트라 십여 명 등, 정말 더러운 악조건 속에 약 3시간 대화를 하였다.

랭보를 기억하시나요

그 후 삶은 좀 힘이 들었답니다

아주 많은 이야기를 했다. 사실도 있었고, 사실이 아닌, 오직 나에게만 사실인 그런 얘기들도 있었다. 가장 궁금했던 건 그 향수였다. 태어나서 맡아 본 가장 좋았던 냄새. 그걸 찾으려고 여자 향수 가게에서 코가 마비될 때까지 수십 개의 향수 냄새를 맡던 기억. 그러나 그녀는 십몇 년 전에 쓰던 향수를 기억하지 못하고 있었다. 냄새 한 번만 맡아 볼게요. 잠시 당황하던 그녀는, 아 이제 반찬 냄새밖에 안 날 텐데, 라고 웃으며 손을 건넨다. 그 냄새를 맡는다. 무엇도 없었다. 반찬 냄새도, 어린 내가 사랑했던 그 향기도.

정녕 끊임없이 엄마에게 전화를 걸어 대는 그녀의 두 초딩 딸로 인해, 우리에겐 퇴근 후 차 한 잔 할 시간도 주어지지 않았다. 내가 중학교를 졸업한 지 얼마 지나지 않아 자신을 지긋지긋하게 쫓아다니던 대학 동기와 결혼한 그녀는 이제 평범하고 단란한 한 가정의 어머니이자 아내가 되어 있었다.

그러고 보니 어릴 때 그녀는 그런 말을 했었다. 난 그냥 공부만 했고 반항 한번 해본 적 없고 그래서 좀 심심하기도 해. 십몇 년이 지나도 그녀는 변한 것이 없었다. 함께 그녀의 차로 향하며 나는 짧은 공상에 빠진다. 만일 내가 3일 뒤에 미국으로 돌아가야 하지 않았다면, 내가 당신 그 심심한 인생 최초의 일탈이 되어 줄 수 있었을까.

지하철역으로 차를 몰며 그녀는 말이 없다. 신호를 기다리던 정적을 깨고, 나는 입을 연다. 나, 꽤 오랫동안 선생님을 생각했어요.

그녀는 장난스럽게 받는다. 그런 애들 많아. 그래, 졸업하고 몇 년이나 수절했니? 나는 잠시 고민하다, 그냥 꽤 오랫동안이요, 라고 창밖을 보며 말한다. 왠지 그게 스물일곱 살까지요, 보다 나을 것 같았다. 신호가 바뀐다.

역에 나를 내려주고 멀어지는 그녀의 차를 바라본다. 물론 십몇 년 전 그 차는 아니다. 그 시절 그 차의 번호는 이제 내 인터넷 뱅킹 암호로, 그때 그녀의 집 전화번호는 내 몇몇 이메일의 비밀번호로 남아 있다. 설레었고, 안타까웠고, 답답했고, 어찌할 바 몰랐던, '남자'가 되기 전의 시간으로 돌아가는 주문. 긴 세월 내 어둡고 축축한 공상의 문을 열던 비밀의 열쇠.

지금은 연락 두절이다. 그 후 몇 번의 통화로, 길게 이어갈 인연이 아니라고 생각했는지, 카카오톡도 차단하셨다(…). 상대방이 나를 차단해도 나는 상대방이 보이는 카카오톡. 몇 달에 한 번씩 사진이 바뀐다. 지금은 그녀의, 아니 선생님의 아이 사진이다. 서너 살 정도의 귀여운 여자아이가 쪼그리고 앉아 함박웃음을 짓고 있다. 그 옆에는 '추억…'이라고 씌어 있다.

랭보가 사랑했던

2001년 1월 24일

커튼 사이로 날이 밝아 온다. 아이는 몇 시간째 말이 없다. 이름은 황지애, 열 살. 나이답지 않게 침착하게 상황을 받아들이고 있는 것 같다. 집에 아줌마도 있고 기사 아저씨도 있다는 걸 봐서 부잣집 아이다. 이미 벌어진 일. 마음 독하게 먹어야 한다. 내가 이 모양 이 꼴이 되어 결국 유괴범으로 전락한 건 늘 독하지 못하고 물렁물렁 살았기 때문이다. 독하게 한다. 할 것이다. 지금 내 손에는 20cm의 날을 가진 사시미 칼이 들려 있다. 아이 부모에게 3억을 요구할 것이다. 돈을 내지 않으면 아이를 죽일 것이다. 그리고 나도 죽을 것이다. 망설이지 않을 것이다. 이 세상에 복수할 것이다. 하필 그 골목을 혼자 지나가고 있던 것은 너의 운명이다. 마음 약해지면 안 된다. 더 이상 당하고 살지 않을 것이다… 더 이상.

2001년 1월 25일

구체적인 계획 없이 저지른 일이라 혼란스럽다. 치밀해져야 한다. 경찰에 잡히느니 자살하는 게 나을 것이다. 부모에게 어떻게 연락을 해야 할까. 시간이 없다. 벌써 사흘째다. 부모가 이미 경찰에 신고한 건 아닐까. 내가 경찰을 이길 수는 없을 것이다. 3억은 너무 많은 걸까. 기사와 파출부가 있을 정도로 부자라면 그 정도는 할 수 있지 않을까. 묻는 것 외엔 아무 말 없이 하루 종일 티비만 보던 아이가 오늘 처음으로 먼저 입을 열었다.

"아저씨는… 강호동이 좋아요, 유재석이 좋아요?"

2001년 1월 26일

아이가 아프다. 온몸이 불덩이 같고 식은땀이 비 오듯 흐른다. 손발을 묶고 재갈을 물린 뒤 약국에 다녀왔다. 햄버거가 먹고 싶다길래 롯데리아에도 다녀왔다. 콜라와 햄버거를 달게 먹는 모습을 보니 아이는 아이다.

도대체 난 뭘 하고 있는 걸까. 어쩌다 이런 지경까지 왔을까. 마흔네 해. 정말 열심히 살았다. 하루도 쉬지 않았고, 안 해 본 일이 없다. 편의점, 주유소부터 시작해 공사판도 전전했고 철거 용역 일까지 했다. 중고차도 팔았고 보험도 팔았다. 한때 돈도 좀 만졌다. 하지만 세상은 모았다 싶으면 빼앗아 가고, 이제 어느 정도 됐다 싶으면 뒤통수 치기를 반복했다. 사기는 사기꾼이 치는 게 아니라 고향 친구, 학교 선배가 치는 것인 줄 그때 알았다. 이제 빈털터리가 되었고, 8년 가까이 만났던 여자도 떠나 버렸다. 가장 힘든 순간에 떠나간 그녀. 물장사하던 여자니 근본이 그랬던 것이다. 몇 번 낙태를 했는데, 그러지 않았다면 아마 저만한 딸을 가졌을 수도 있었을 것이다. 마음이 흔들린다. 하지만 독해져야 한다… 세상의 그 누가 내게 단 한 번이라도 선의를 베푼 적 있었던가.

2001년 1월 28일

모든 게 거짓말이었다고 한다. 아줌마, 기사 아저씨는커녕 부모도 없으며, 집에서 기다리는 건 노망난 외할머니뿐이라고 한다. 거짓말 같지는 않다. 나이에 어울리지 않는 조숙함은 그런 환경의 탓이었을까. 눈은 여전히 TV를 향한 채, "죽일 거면 아프지 않게 해주세요."라고 말하는 아이. 웃음밖에 안 나온다. 이런 게 내 인생이다. 이게 내 복이다. 늘 이래 왔다.

늘

늘

늘

2001년 2월 4일

길었던 한 주였다. 많은 일이 있었다. 고민 끝에 아이를 집에 데려다줬는데, 아이의 할머니가 죽어 있는 걸 발견했다. 실족사였다고 한다. 장례 절차를 치르는 동안 아이는 한 방울의 눈물도 보이지 않았다. "나 이제 혼자다 아저씨."라고 말하는 아이의 두 눈은 텅 비어 있었다. 난데없는 상주 역할을 하게 됐는데, 찾아오는 이 하나 없었다. 쓸쓸한 죽음이었다. 내가 죽어도 이렇겠지……

2001년 2월 8일

롯데월드에 다녀왔다. 자유 이용권을 끊어 아침부터 저녁까지 놀았다. 아이는 처음으로 아이다운 웃음을 보였다. 자이로드롭도 타고 청룡열차 같은 것도 탔다. 사실 고소 공포증이 좀 있어서, 그런 걸 타는 게 많이 고통스러웠지만 아이를 혼자 태울 수도 없어 같이 탔다. 점심으로 롯데리아를 먹여 줬다.

나는 내일 아침 아이를 떠날 것이다. 처음 그 장소에 내려줄 것이다. 오늘 하루는 아저씨의 마지막 선물이다. 피곤했는지, 아이는 집에 오자마자 곤히 잠자리에 든다. 무슨 낌새를 챘는지 "그동안 고마웠어요 아저씨."라고 말하는 아이. 나는 아무 답도 하지 않는다.

어디서든 아프지 말고
잘 지내렴…

2001년 12월 31일

내일이면 새해가 된다. 길고 길었던 한 해였다. 내가 포기할 수 없었던 마지막 하나를, 자존심을 버린 한 해였다. 등지고 살았던 친척들을 찾아다니며 일자리를 부탁했고, 조금이라도 도움이 될 만한 사람이면 누구든 찾아가 무릎을 꿇었다. 상대의 지위고하도, 나이도 따지지 않았다. 단돈 십만 원을 위해서 누구의 발바닥이라도 핥을 각오였다. 죽을 수는 없었다. 살아야 했다. 죽어도 살아야 했다. 더 이상 혼자가 아니었기 때문이다.

열 달 전 나는 이 아이를 버리려 했지만 결국 그럴 수 없었다. 룸미러로 멀어지던 아이의 그 처연한 뒷모습을 보는 순간 나는 차를 세웠고, 달려가 두 팔로 그 애를 안았다. 그리고 말했다. 함께 살자. 이 무서운 세상, 우리 둘이 의지하고 살자. 내가 지켜 주마. 나처럼 되게 하지 않는다. 나처럼 세상에 태어난 걸 후회하고 증오하며 살게 하지 않는다. 여느 부잣집 딸들처럼 예쁜 옷도 입고, 대학도 가고, 엠티도 가고⋯ 또 남자 친구도 사귀고, 해외 여행도 다니고, 좋은 직장도 들어가고, 좋은 남자 만나서 웨딩드레스도 입고⋯ 그렇게⋯⋯

품안에 안긴 그 작은 몸이
온 생명을 다해 울고 있었다

2008년 8월 28일

지애가 고등학생이 된 지도 벌써 반 년 가까이 흘렀다. 이제 중학생 티를 완전히 벗은 것 같다. 피 한 방울 섞이지 않은 그 애의 표정이나 웃는 모습이 나를 닮은 것은 참으로 신기한 일이다.

악전고투의 7년이었다. 하루하루가 칼부림하는 전쟁터 같았다. 하지만 우린 잘 버텨 냈다. 모든 게 부족한 환경에서도 속 한 번 썩이지 않고 이렇게 예쁘게 자라 준 지애. 어린 시절과 달리 이젠 애교도 많고 웃기도 잘하니 참으로 감사할 뿐이다. 일을 마치고 오면 문 앞까지 달려와 뽀뽀 세례를 안겨 주는 우리 딸. 너 때문에 산다. 비록 나이 어린놈들에게 머리 숙여야 하는 고된 일이지만…널 생각하면 하나도 힘들지 않다. 우리 딸이 최고다.

2011년 2월 9일

지애가 원하던 대학과 학과에 최종 합격하였다. 세상을 다 가진 것 같다. 지금 나보다 행복한 사람이 세상에 있을까. 눈물이 멈추지 않는다.

감사합니다……

2011년 11월 3일

간암 중기 판정을 받았다. 몸에 이상이 있는 건 느끼고 있었다.

의외로 덤덤하다. 어차피 덤으로 산 인생 아닌가. 지애가 아니었다면 진즉에 칼 물고 죽었을 것이다. 암 따위, 이겨 낼 것이다. 지애가 좋은 사람 만나 행복하게 사는 걸 보기 전까지는……

2012년 3월 5일

지애의 남자 친구와 셋이 저녁 자리를 함께했다. 2년이나 만나 온 남자 친구가 있다는 걸 들은 게 겨우 지난주다. 어째 귀뜸 한 번 안 해줬을까. 어느 도둑놈인가 봤더니 같은 학교 경영학과 졸업반으로, 지애보다 다섯 살이 많다고 한다. 허우대도 멀쩡하고 속도 실한 녀석 같다. 부잣집 도련님 티가 나긴 하지만 넉넉하게 자란 아이들 특유의 밝음이 맘에 든다. 지애가 졸업하는 대로 결혼하고 싶다고 한다. 비록 아직 어린 나이지만… 왠지 이 아이가 지애의 남편이 될 것 같다는 느낌이 든다.

그런데 이토록 가슴에서
서늘한 바람이 부는 건 왜일까

2014년 1월 24일

지애가 오랜만에 집으로 왔다. 김 서방은 홍콩 출장을 갔다고 한다. 함께 저녁을 만들어 먹고 티비를 보다 나는 문득 묻는다.
"너 오늘이 무슨 날인지 아니?"

지애는 웃음을 터뜨리며 답한다.

"무슨 날이긴, 아빠가 나 유괴한 날이잖아!"

지애와 나는 한참을 같이 키득거린다. 문득 생각에 잠긴다. 그러지 않았다면 어땠을까. 나의, 또 너의 삶은 어떻게 됐을까. 애써 생각을 지우며 다시 묻는다.

"시집가니까 좋아?"

"응, 좋아."

"김서방이 좋아, 아빠가 좋아?"

"에이, 그건 다르지. 아빠는 아빠고 남편은 남편이지!"

그러면서 와락 품 안으로 파고드는 지애. 이렇게 내 두 손으로 너를 안을 날이 내게 얼마나 더 있을까.

오래전 네가 처음으로 했던 질문을 기억한다. 아저씨는 유재석이 좋아요, 강호동이 좋아요? 사실 아빠는 유재석이 싫었다. 무언가 착하기만 하고 나약해 보이는 게, 꼭 아빠 같았거든. 강호동이 짓궂고 못되게 굴면 당하기만 하는 게, 꼭 아빠 같았거든. 강호동처럼 힘 센 사람들한테 치이고 밟히며 산 세월이 아빤 너무나 서러웠거든. 그래서 그런 나쁜 마음도 먹었던 거였지. 하지만 이제 생각해보니, 그렇게 약하고 착했기에 너라는 축복을 얻었던 게 아니었을까 싶구나.

그 무슨 인연이었는지 유괴범에서 아빠가 되어 널 위해 사는 동안, 한 순간도 행복하지 않은 때가 없었다. 다 견뎌 낼 수 있었고 다 참아 낼 수 있었다. 이제 남은 소원은 이렇게 씩씩하고 예쁘게 자라난 너를 더 오래 지켜보고 싶은 것뿐이지만… 시간이 많이 남지는 않은 것 같구나. 아빠 아마도 끝까지 너에게 사실을 말하지는 못할 것 같다. 너무 원망하지는 말아 주렴. 고통뿐이었던 이 삶의 마지막에 유일하게 남은 행복인 네 그 웃음마저 잃는다면… 너무 가혹하잖니.

내 무릎을 베고 누운 지애는 어느새 곤히 잠들어 있다.
나는 가만히 그 애의 머리를 쓰다듬는다.

텔레비전 속의 유재석이 착하게 웃고 있다.

강호동이 좋아요, 유재석이 좋아요?

오늘은 저희 대한초등학교의 역대 어린이 회장들을 한번 살펴보겠습니다.

첫 회장인 이승만 어린이는 집안도 좋고, 미국 하버드 초등학교에서 유학도 했으며, 심지어 금발의 파란 눈 짝꿍까지 있는 '엄친아'였으나, 욕심꾸러기였던지라 회장 오래 해먹으려고 야바위 치다 걸려, 4학년 19반 학생들에게 쌍욕 먹고 쫓겨납니다.

그 빈자리를 차지한 것은 5학년 16반 박점희 어린이였는데, 키는 난쟁이 똥자루 3분의 1만 했지만 주먹이 세고 열 받으면 다 엎어 버리는 또라이로, 꼬붕 김종팔 어린이와 함께 자전거를 타고 개울가 다리를 넘어와 운동장을 점령한 뒤 강제로 회장직을 차지해 버립니다. 박점희 어린이는 꽤나 오래 회장직을 해먹었는데, 학생과 선생, 학부모 할 것 없이 인기 만점이던 짝꿍 국영수 양이랑 헤어지고 내리막길을 걷기 시작, 결국 꼬붕이었던 김젝규 군에게 새총으로 기습 공격당하고 피떡이 되어 전학 갑니다. 평소 박 회장이 선생과 교장에게 대응하기 위해 학생들도 콩알 탄으로 무장해야 한다고 주장했던 것에 짜증난 학교 측에서 김젝규 군을 시켜 박군을 혼내 줬다는 '카더라'도 있지만 확인된 바는 전혀 없습니다.

이번에야말로 우리 손으로 회장을 뽑고자 했던 전교생의 기대를 꺾어 버리며 한 마리 문어처럼 등장한 전또깡 어린이는 '역시 회장은 싸움'이라며 자신에게 반대하던 5학년 18반 학생 전체를 전라 두들겨패며 공포 분위기를 조성, 회장직을 강탈합니다. 당시 또깡 군의 대머리 박치기는 그야말로 살인적이었다고 전해집니다. 전 회장은 그러나 시간이 갈수록 학생들의 짜증이 심해지자 결국 물러나고, 그의 꼬붕인 노태욱 부회장이 회장으로 뽑힙니다.

노군은 학생들의 투표로 뽑힌 첫 회장이었는데, 원래는 학생들 사이에서 인기를 양분하던 김되중 어린이나 김역삼 어린이가 될 것이었으나 두 놈이 서로 해먹겠다고 양보를 안 하는 바람에 노태욱 어린이가 된 것입니다. 노 회장은 자신이 '보통 학생'이라고 주장했으나 공부도 별로고 싸움도 별로인, 그야말로 모든 면에서 보통 이하인 쓰레기였다고 합니다.

다음 회장은 김역삼 어린이인데, 아이큐가 전교에서 제일 낮고 한글로 지 이름도 못 쓰는데 이상하게 성적은 최상위권인 신비의 씹초딩으로, 회장되자마자 자신을 도와준 전또깡 어린이와 노태욱 어린이를 때렸으며, 꼬마 주제에 도시락으로 멸치랑 설렁탕만 싸오던 싸이코이기도 했는지라 결국 학교 재정에 심각한 파탄을 불러옵니다. 역삼 회장 재직시에는 마을의 성수다리가 끊어지고 삼풍 문방구가 무너지는 등 괴이한 일들이 끊이지 않았다 합니다.

그 후임을 뽑기 위해 김되중 어린이, 이회장 어린이, 이인죄 어린이가 맞붙었는데 이름부터 '회장'인 이회장 어린이의 당선이 유력했으나 전국 배신경연대회 1등 출신인 이인죄 어린이가 이회장 뒤통수를 치는 바람에 김되중 어린이가 회장이 되었습니다. 김되중 회장은 전또깡 회장에게 전라 짓밟힌 5학년 18반 학생들을 중심으로 강력한 지지를 받았으며, 주로 자매학교인 노동초등학교의 짱인 6학년 15반 백두정일 군과의 친분을 쌓는 데 주력하였습니다.

그 후 회장 선거에서 이번에는 확실하다던 이회장 어린이를 다시 물 멕인 것은 노무흥 어린이로, 열받으면 명찰을 집어던지는 다혈질이면서 동시에 통곡하며 기타도 치는 팔색조 같은 매력으로 돌풍을 일으켜 당선됩니다. 노 회장은 그러나 부잣집 애들한테는 가난한 동네 출신이라고 무시당하고, 가난한 집 애들한테는 왜 우리랑만 놀지 않느냐고 욕을 먹는 등, 허구한 날 양쪽에서 얻어터지다 물러납니다.

그 다음은 이면박 어린이로, 예전에 '청계' 구리 '천' 마리가 빠져 죽어 똥냄새가 절대 빠지지 않는다는 어느 화장실을 깨끗하게 청소한 공을 인정받아 어린이 회장에 뽑힙니다. 그러나 그때 칭찬받던 그 짜릿한 쾌감을 못 잊었는지 회장이 된 후 학교의 4대 수돗물에서 사이다를 나오게 한다는 둥, 운동장을 파헤쳐 거대 수영장을 만든다는 둥 개소리하며 온 학교를 난장판을 만들어 버린지라, 현재 학생들이 잡히기만 하면 패 죽인다고 벼르고 있습니다.

마지막으로 현 어린이 회장은 박그네 어린이인데, 첫 여자 어린이 회장으로 많은 기대를 모았으나 아무리 봐도 하는 짓이 그 옛날 박점희 회장과 너무나 유사하여, 애들은 저거 혹시 전학 갔던 박점희 시방새가 여장하고 컴백해서 지랄하고 있는 거 아닌가 하는 강한 의구심을 갖고 있는지라 조만간 확인차 아이스께끼 한번 당할 것으로 예측됩니다.

다음 회장은 지금 1반 반장을 하고 있는 박원숭이, 아니면 교과서에 자주 이름이 오르내리는 컴퓨터광 철수, 혹은 학교 건물 지어준 떼부잣집 아들 몽주이 중에 하나가 할 것 같은데 다 거기서 거기라 저희 대한초등학교의 앞날이 그다지 밝지는 않다고 볼 수 있겠습니다.

참, 윤버선 채규아 두 어린이 회장은 너무나 순식간에 지나가 버려 아이들의 기억에서 삭제되었다고 합니다.

대한초등학교의 되게 굴곡진 역사

"아 옆집 아저씨요? 그 아저씨 글쎄 뭐…인사성 밝구요. 성실해 뵈구. 딱히 뭐 특이한 건 없었던 거 같은데… 왜요? 무슨 일인데요?" (이웃 주민 K. 43세. 자영업. 알콜 중독)

"말도 안 된다는 거죠. 성기 그놈이 무슨 강간 살인을 해요. 제가 솔직히 그렇게 친한 것도 아니고, 두둔하려는 게 아니라, 학창시절에도 싸움 한 번 안 하던 놈인데요, 솔직히." (중고등학교 동창 Y. 34세. 학창시절 짱. 폭력 전과 4범)

"세상에 끔찍시러버라… 그라고봉께 그 청년인지 아재인지, 먼가 과격해 뵈는 데가 있었당게요. 한번은 주문이 밀려 오다가 좀 늦었나, 하여튼 그랬는데 글씨 술 가져오라고 꽘을 빽 질러싸서 아 애 떨어질 뻔했당게. 무신 목소리는 기차 화통을 삶아 먹었나. 술도 곱게 무거야지, 젊은 사람이……." (단골 포차 주인 L. 48세. 간통 전과 2범)

"글쎄요…. 그러고 보니 한번 딱 소름끼친 달까? 그런 적이 한 번 있긴 있는 거 같아요. 덩치도 그렇고 딱 얌전한 형인데… 무슨 얘긴지 기억은 딱 안 나는데 뭔가 딱 무서운 얘길 했던 거 같아요. 아, 기억이 지금 딱 안 나네요. 근데 남자들 괜히 딱 거친 척하는 그런 게 아니라 뭔가 딱 한마디로 딱 듣는 사람 소름끼치게 하는 그런 얘기였던 거 같은데 뭐였지……" (직장 동료 N. 29세. 국내 야동 70% 공급 '본좌')

"해코지 하고 강간하고 죽이고… 하루가 멀다 하고 끔찍한 뉴스가 이어지네요. 그 모든 비극은 아주 작은 미움에서 시작됐을 거예요. 우린 모두 이 세상을 잠시 스쳐갑니다. 당신이 미워하고 증오하는 그 사람도 마찬가지예요. 그 가쁜 발걸음 잠시만 멈추면 비로소 보이는 게 있을 거예요." (HM. 41세. 스님 겸 베스트셀러 저자. 중증 우울증 환자)

"죽여야지, 아 그걸 살려 둬? 금쪽 같은 애들 잃은 부모 맘은 생각 안 해봤어? 열한 명을 죽여? 그게 사람이야? 짐승이지? 이게 뭐 김대중이 때부턴가 인권, 인권 해대는데 아 그럼 죽은 애들은 인권 없고 그 부모는 인권 없나? 나이만 젊었어도 내 직접 찢어 죽여도 시원찮다고. 에이, 개씨벌놈. 이름은 또 왜 그 모양이여?" (K. 71세. 전직 군인. 5·18 당시 진압군)

"하필 왜 지금이냐는 거지. 지금 이명박 BBK 몸체가 밝혀질라고 하고, 4대강이 총체적 부실을 넘어서 건국 이래 최대의 비리였단 게 드러나고 있잖아. 하필 이럴 때 지금 그놈 강간 살인 얘기로 조중동 부터가 도배를 하고 나머지도 따라하고 있어. 이게 우연같아?" (P. 26세. 대학생. 정치학 전공. 여친에게 낙태 강요 중)

"제가 전도사일 때부터니까 십 년쯤 될 겁니다. 청년부 활동에도 늘 열심이었고…. 저하고는 목사와 신자를 넘어 가족 같은 관계라고 생각했는데…. 저희 갈보니 교회는 피해자들과 가족, 그리고 장성기 형제의 고통받는 영혼을 위해 금식 기도에 이미 돌입했습니다. 하느님의 독생자 주 예수 그리스도께서는 이미 십자가에 못 박히실 때 오늘날 장성기 형제의 죄까지도……" (J. 48세. 목사. 전직 복싱 선수. 라이벌 목사 폭행으로 퇴출 위기)

"미친 새끼 왜 어린애들을 가지고 지랄이야? 정신병자 아니야?" (J. 30세. C그룹 후계자. 성인 여성 강간 4회. 모두 거액으로 입막음)

"초동 수사에 간과하기 힘든 문제점이 있었다는 결론 아래 평소 저에 대한 간절한 충성심이 모자라던 경찰청장을 이 기회에 시원하게 경질하기로 하였습니다." (MB. 72세. 공무원. 군 통수권자. 취미: 국토 훼손)

"아니, 씨발, 아닌 말로다가, 그 새끼도 피해자 아니야? 그 새끼도 누구처럼 멀쩡한 집에서 태어나 대학 가고 했으면 그렇게 됐겠냐고? 고등학교도 중퇴했다메, 집에 돈 없어서? 이게 딱 그거네 유전무죄 무전유죄. 그래 돈 많은 새끼들은 텐프로에서 여자 끼고 썹질 잘 하니 지금쯤 티비 보며 혀 끌끌 차고 있겠지. 씨발, 개새끼들⋯⋯" (C. 34세. 철강 노동자. 민노당원. 취미: 페라리 모형 수집)

"성기찡 완전 캐본좌 ㅋㅋㅋㅋ 죽인 담에도 했다는데 ㅋㅋㅋㅋ 역시 이름값을 하시네영 ㅋㅋㅋㅋㅋㅋㅋ" (N. 17세. D외고 일학년. 일베 열성 회원. 4년째 왕따)

"페도필리아Pedophilia를 생각해 볼 수도 있겠지만 이 경우 남자로서 인간으로서의 자존감이 낮은 상황에서 성인 여성들은 나를 성적으로 상대해 주지 않을 것이다, 이런 무의식적 좌절감이 약자인 어린 아이들에게 공격적으로 표출된 것으로 보이는데 이는 전두엽의 미발달에 그 원인이⋯⋯" (T. 41세. 정신과 전문의. 아동 성추행 2회)

"내가 먹을 거야. 〈헨리: 연쇄 살인자의 초상〉을 보통 평론가 새끼들이 최고의 살인 영화로 꼽잖아. 그걸 넘어설 수 있다고. 복합적인 캐릭터야. 살인의 줄기를 따라가는 건데, 거기에 곁가지로 주변 인물의 시선, 관점이 들어가는 거지 계속. 모호해지는 거야. 예를 들어 친구는 그럴 놈이 아니라고 하고, 직장 동료는 뭔가 이상했다 하고, 또 그 엄마는…" (G. 뉴욕 거주. 초단편 소설가. 띠동갑 연상 녀 스토킹 중)

"아무 할말 없시유. 이제 고만들 좀 해유. 살 날도 얼마 안 남았응 께" (S. 74세. 장성기 모친)

"나요… 이해할 수 있어요. 아니 이해라기보다… 그냥 알 것 같아 요. 그 사람도 많이 아팠던 거예요. 많이 아파서… 아파서 그랬던 거예요. 난 용서할 수 있어요. 아니, 이미 용서했어요… 얼마나 아 팠을까. 얼마나 외롭고, 얼마나 무서웠을까… 그 어두운 곳에서 우 리 지율이가… 이제 일곱 살인데, 또 그 사람… 얼마나, 얼마나… 난 다 용서했어요. 거짓말 아니에요. 지율이가 꿈에 나와 그랬어요, 엄 마 그 아저씨 미워하지 마, 난 괜찮아… 지율아, 엄만 그 아저씨 미 워 안 해. 엄마가 지켜주지 못해서 미안하지… 그 아저씨 잘못이 아 닌걸. 나요… 나 그 사람 만나 보고 싶어요. 그리고… 그리고… 꼭 안아 주고 싶어요. 얼마나 아팠니. 얼마나 추웠니. 얼마나 무서웠 니. 얼마나 외로웠니……" (C. 36세. 희생자 박지율 양 엄마. 두 달 뒤 투신 자살)

장성기: 어느 연쇄 살인자의 초상

…당신이 아니었다면 영겁永劫의 부재不在, 그 칠흑의 어둠 속을 가없이 떠돌았을 제 영혼에 피와 살을 내림으로 말미암아 삶이라는 축복을 누리게 하신 아버님, 그 이름만 불러도 눈시울이 붉어오는 내 아버님! 이메일과 문자가 보편화된 지도 오래인 지금 이렇게 당신께 펜과 종이로 마음을 전하매, 그 감회가 새로운 바 있습니다. 자고로 글이란 뚝배기 장맛처럼 익히면 익힐수록 그 깊이가 더 하는 것이 아닐는지요. 지난 몇 달간 우리 부자 사이를 불화로 얼룩지게 해온 그 문제에 이제는 종지부를 찍고 싶은 마음 간절합니다. 물론 아버님이 혈한血汗으로 이룩하신 재산을 사회에 환원하기로 한 결정에 대해, 낳아 주시고 키워 주신 은혜만도 결초보은結草報恩 해야 할 소자가 감히 왈가왈부曰可曰좀 하는 자체가 언어도단言語道斷이겠으나, 저 위대한 테레사 수녀께서도 오로지 한 번에 한 사람을 구하신다 하셨는데, 어찌 아버님께서는 당장 눈앞에서 경제적 어려움에 신음하는 소자를 외면하시고, 추상적일 뿐 아니라 종종 이데올로기적으로 미화되기 마련인 저 다수 무산자無産者들에게 무려 시가 일백억 원 가량의 인천 공장 부지 구백팔십여 평—경기가 안

좋은 지금도 월세 이천백이십만 원을 착실히 보장하는 그 금싸라기 땅을, 소자뿐 아니라 아버님 손자의 손자까지 사골처럼 우려먹을 그 가보 같은 땅을 쾌척하려 하시는지, 소자의 가슴 천 갈래 만 갈래로 찢겨 나가니 부디 그 결정을 설날 해물파전 뒤집듯이 뒤집어 엎으시길 이렇게 엎드려 간청하나이다. 불초소자不肖小子 조현성 배 상拜上.

　…현성이 보아라. 서신은 잘 읽어 보았다. 과연 나를 닮아 달필에 명필이니 그 하나는 뿌듯하구나. 허나, 이미 여러 번 얘기하였듯이 아비의 결정에 흔들림은 없느니라. 네 입으로 말했듯이 아비는 남부러울 것 없이 너를 키웠고, 가라는 법대는 안 가고 영화인지 만화인지 한다고 천방지축 다닐 때도 대학 등록금에 생활비에 모두 대 주었다. 맘 같아선 이 씨벌놈을 그냥 다시 지 에미 뱃속으로 쑤셔넣고 싶을 때가 하루에도 삼천 번이었다만, 그래도 대학까지는 부모 책임이라는 생각에 그리하였다. 니가 난데없이 독일 가서 히틀러에 관한 영화를 만든다는 미친 소리를 했을 때를 제외하고 내가 지원을 거절한 적이 있더냐. 그만큼 했으면 이제 자립하여라. 아비는 찢어질 똥꾸멍도 없는 집안에서 태어나 안 해본 일 없이 고생고생하다 자수성가하였으나, 오늘의 풍요가 반드시 내 노력의 대가라고 생각하기보다는 다 조상님과 나라의 은덕이니 이제는 돌려줄 때가 됐다는 생각이다. 이 문제는 재론하지 않기 바란다. 총총.

…친애하는 아버님, 강산이 변한다는 십 년이 더 지나가도 소자가 법대에 진학하지 않은 것이 아버님께 여한으로 남은 걸 알게 되니 송구함에 가슴이 미어집니다. 허나 입은 삐뚤어져도 말은 바로 하랬다고, 소자는 법대를 안 간 것이 아니라 못 간 것입니다. 아무리 대학이 우후의 죽순이고 정원 미달도 흔하다지만, 전교 471명 중 464등을 하던 소자에게 법대가 웬 말인지요. 법대를 가면 사시에 붙어야 하는데 차라리 저로선 100미터를 8초 대에 달리는 게 그나마 가능성 있는 일일 것입니다. 이미 지나간 얘기는 묻어 두고 미래 지향적으로 논의를 이끌어 갔으면 합니다. 사람이 자기 적성에 맞춰 살아야 한다는 것은 초식동물에게 스팸 멕이면 안 되고 육식동물에게 브로콜리 멕이면 안 되는 것과 다르지 않은 이치겠지요. 저는 영화로 입신 출세는 물론이요 저희 평산 조씨 가문의 명예까지도 드높일 자신이 있다 하겠습니다. 실은 우리 인천 땅이 필요한 것도 제가 그걸로 무슨 호화 사치를 누리려는 것이 아니라 저의 입봉작을 찍기 위한 밑거름으로 쓰려는 것입니다. 부디 헤아려 주시기 바랍니다. 못난 아들 조현성 드림.

…현성이 보아라. 너의 편지를 읽고 혈압이 올라 하마터면 쓰러져 세상을 하직할 뻔하였다. 전생에 무슨 죄를 지어 너 같은 놈을 아들이라고 보내셨는지 예수님 부처님 공자님에게 차례로 따져 묻고 싶은 심정이구나. 내 기억에 네 다닌 고등학교에 지능 장애 학생

이 한 십여 명 있었던 것 같은데, 471명 중에 464등을 했다는 것은 그들 중 몇 명보다도 못했다는 뜻이 아니냐. 지금 그걸 자랑이라고, 달린 혀라고 씨부리고 앉아 있느냐. 아비는 영화에 대해서는 잘 모른다만, 지능 장애인보다 공부 못하는 놈들이 하는 게 영화라면 그게 뭐가 됐던 개똥에 낀 시금치보다 값어치 없는 일일 테니 거기에 버스 토큰 한 개 보텔 생각이 없다. 차라리 너보다 공부 잘한 지능 장애 학생들을 찾아내 아파트 한 채씩 턱턱 안겨 주는 게 더 보람 있는 일일 것이다. 영화를 찍건 자지 까고 포르노를 찍건 알아서 하기 바라며, 애비의 사회 환원 건에 대해선 더 이상의 논의조차 무의미하니 이만하자. 총총.

　…아버지. 동봉된 사진은 제가 심부름센터를 시켜 찍은 것입니다. 어지간하면 이렇게까지 안 하려고 했습니다만, 이렇게 대낮에 계집애 끼고 호텔이나 드나드시고, 아들 된 제 심정 참담합니다. 물론 아버지도 한 사람의 남자라는 걸 이해 못하는 바는 아니지만, 환갑이 다 되어 가시는 나이에 스물두 살짜리 룸살롱 계집에게 홀려 이게 뭐하시는 건가요. 사회 환원은 얼어 죽을, 저 불여시에게 홀려 지금 있는 돈 없는 돈 다 그년 아랫도리에 처박고 있는 걸 제가 모를 것 같나요. 엄마 성격 아시면서 집안 파탄내실 거 아니면 적당히 즐기시고 일은 순리대로 합시다. 명의변경 절차 다음 주 수요일쯤 밟죠. 원본 필름은 마무리되는 대로 넘겨 드릴게요. 아들.

…한때 아들이었던 현성이 보든지 말든지 해라. 방금 호적에서 너를 파냈다. 사십 년 묵은 숙변이 내려간 듯 시원하구나. 이제 너와 나는 영원히 남남이니 더 이상 이러니저러니 연락도 말고 부디 잘 살든지 말든지 해라. 부모 죽인 박한상도 '어이쿠 형님' 하면서 엎드릴, 불효막심을 넘어 패륜아 같은 개호로자식아. 그래, 내 김양 만나고 있는 거 사실이다. 뭐 잘못 됐느냐? 입에 풀칠하느라 젊은 시절 다 보내고, 좀 먹고 살 만해지니 이미 중늙은이가 돼 버려 남들 다하는 사랑 한 번 못해 보고 송장되면 네 속은 시원하겠다만, 아비도 아비의 인생이 있고, 내 돈으로 내 행복 추구하는데 네놈이 뭔데 감 놔라 배 놔라 지랄이더냐. 황혼 이혼이 유행이라던데, 부모 갈라놓은 쌍놈새끼 되고 싶음 알아서 하기 바라고 이제 연락도 말거라, 이 씨부럴 놈아. 총총.

…조승태 씨. 호적에서 팠다니 이제 부자지간이 아닌 거니까 걍 이름 불러드릴게. 긴 말 필요 없고, 싸나이 대 싸나이로 쇼부 칩시다. 조승태 씨도 소싯적 주먹 좀 쓰신 거 아는데, 맨몸으로 맞짱 떠서 내가 이기면 땅 내놓고, 승태 씨가 이기면 필름 넘겨 주고 내 지금이라도 법대 갈게. 같이 고생한 마누라 배신하고 손주 같은 년이랑 재미 보면서 뭔 말이 이리 많소? 깔끔하게 원 터치 한 번 뜨고 쇼부 칩시다. 겁나면 말고. 조현성.

…그래 이 씨벌놈아, 붙자. 보자 보자 하니 보자기로 보이고, 오냐 오냐 하니 오나니로 보이나, 이 쌍노무 새끼야? 내가 이 새끼야 늙었어도 너 같은 건 아직 왼손 하나로 모가지 꺾어 부러!!! 영도 다리 좆돼지가 괜히 붙은 이름인 줄 아나!? 어?!! 장소 정해! 죽이고 바로 파묻을 거니께 흙 보드라운 데로 골라 이 씨이이이이벌놈아아아아아ㅇ아아아ㅇ ㅇ아아앙ㅇ ㅇ ㅇ ㅇ어아아아아아아아아앙 총ㅊ ㅗ ㅇ

…내일 저녁 5시 한강고수부지 잠원 지구 3번 입구에서 뵙죠. 그쪽에서 좀 가면 공터 있고 사람들 없어요. 연장 쓰기 없고 기절하거나 항복하면 끝. 깨물기, 머리 끄들기, 부랄 터뜨리기 없구요. 그날 봅시다. 조현성.

-일주일 후-

…아버님, 아아 아버님! 지난 일주일의 시간은 실로 소자에게 연옥燃獄과 같은 번민과 고통의 시간이었습니다. 비록 남자 대 남자의 정정당당한 승부였다고 해도, 부자유친父子有親의 전통이 유구한 이 땅에서 어찌 그토록 모질게 아버님을 구타할 수 있었는지…. 저에게 패륜의 귀신이라도 씌웠던 것일까, 후회한들 이미 늦었겠지요……. 흥분을 주체하지 못하시고 욕설을 퍼부으시며 달려드는 아버님을 1) 먼저 침착하게 타격기로 공략하기 시작한 저는 2) 아버님

의 눈동자가 알맞게 풀렸을 때쯤 3) 테이크 다운하여 그라운드로 전환한 후 4) 각종 관절기로 저항 불가 상태로 만들고 5) 오로지 각서에 사인할 왼손만 남겨 둔 후 6) 육중한 파운딩을 전방위적으로 아버님의 근골筋骨 위에 작열시켰는데, 초반 기세는 간 데 없이 목숨을 구걸하시던 아버님이 마침내 재산 포기 각서에 사인 하실 때까지 저는 인간이되 인간이 아니었으며, 아버님 아들이되 아들이 아니었던 것입니다. 게다가 그 각서를 공중 받는 것이 급하여 피떡이 되어 찌그러진 아버님을 돌보지 않고 변호사를 만나러 가다니, 아아 하늘이 있다면 이런 저를 용서치 않기를… 아버님, 부디 소자를 죽여 주시옵소서. 아버님…!!! 불초소자不肖小子 조현성 배상拜上.

-다시 일주일 후-

…사랑하는 내 아들 현성이 보아라. 먼저 답장이 늦어 미안하다. 어제야 혼수상태에서 깨어난지라 좀 더 일찍 기별할 수가 없었구나. 얼마나 마음고생이 심했느냐? 이 못난 아비를 용서해 다오. 괜한 욕심과 고집으로 너의 가슴에 이토록 큰 짐을 지어 주다니…. 다 애비가 부덕한 탓이다. 애비야말로 무언가에 씌웠다 깨어난 기분이다. 김양에게도 이별을 통보하였다. 회자정리會者定離 아니겠느냐. 지천명知天命을 넘어 이순耳順이 가까운데 아직 불혹不惑의 경지에 조차 다다르지 못했으니 그저 부끄러울 뿐이다. 사랑하는 아들아!

내 너에게 아까운 것이 무어 있겠느냐? 다 가져가거라. 인천 땅뿐
아니라 지금 사는 아파트도 자동차도 명의 옮겨 줄 테니 다 갖다 써
라. 한 마리 호랑이처럼 포효하며 애비를 구타하던 그 용맹함이면
무슨 일이건 능히 해낼 것으로 믿는다. 애비는 다시 태어난 것 같
다. 몸이 가볍고 콧노래가 절로 나오네 에럴랄라. 다만 네 에미가
걱정이다. 어제까지 멀쩡했던 박정희 대통령이 돌아가셨다는 둥,
지금이 무려 2014년이라 그 딸이 대통령이 됐다는 둥 말도 안 되는
헛소리를 해대는구나. 엄마에게 신경 좀 써다오. 콩콩.

父子有親

부자유친

남자가 말한다. 사랑해. 여자도 말한다. 나도 사랑해. 그리고 그들은 헤어진다. 남자는 침대에 누워 생각한다. 음, 사랑하는데 왜 헤어진 거지. 그때 웬 외국인이 어둠 속에서 슬그머니, 유령처럼 나타난다. 깜짝이야, 누구세요. 외국인은 로버트 할리보다 유창한 한국어로 말한다. 불가능하다고 했잖아. 으음, 뭔 소리예요. 자, 저기 시계가 보이지. 저건 독립적이고, 보편적이고, 영속적인 거야. 그러나 니가 저걸 '시계'라고 부르는 순간, 종속적이고, 특수한, 한정된 존재가 되어 버리는 거지. 이 둘 사이에는 채울 수 없는 간극이 있어. 유일한 길은 시계를 '시계'라고 부르지 않는 거지. 하지만 넌 시계를 인지하는 순간 '시계'라고 부를 수밖에 없게 프로그래밍 된 존재야. 내가 책에 썼잖아. 교보문고에 있으니 좀 사서 읽어. 음, 그게 지금 내가 애인이랑 헤어진 거랑 뭔 상관이요? 니가 물었잖아, 사랑하는데 왜 헤어졌냐고. 너희가 사랑을 속삭이던 그 순간 너는 둘이 무언가 보편적이고 공통적인 어떤 것을 동시에 말하고 있다고 생각했겠지만, 천만의 말씀이야. 껍데기 안에 갇히는 순간 전혀 다른 게 되어 버리는 거라구. 잘 한번 생각해 봐, 난 밥 먹으러 갈게.

외국인이 총총히 사라진 책장 쪽을 남자는 한동안 멍한 표정으로 바라본다. 아아, 혹시 그런 거였나. 너의 '사랑' 과 나의 '사랑' 은 다른 거였나. 그러고 보니 떠오르는 얼굴들이 있다. 나의 '우정' 과 너의 '우정' 이 달라서 우린 그렇게 쉽게 등을 돌렸던 것일까. '민주주의' 의 이름으로 쿠데타를 하신 어떤 분 아버지도, '평화' 를 위하여 미사일을 쏴 대는 어떤 빠른 83도, '정의' 를 외치며 쌍둥이 빌딩을 들이받은 알리바바들도 모두 그랬던 것뿐이었을까. 아아, 그랬군, 그랬어. 이해되지 않던 일들이 한순간에 모두 이해되어 버리면서, 남자는 갑자기 외로워진다. 전화기를 들어 그녀의 이름을 찾는다. 움직이는 물체의 질량과 속도를 동시에 정확히 측정할 수 있나요, 라고 그 언젠가 너는 물었었지.

그분을 만나다

몇 년 전만 해도 한국 가서 "뉴욕 살아요." 하면 다른 눈으로 보는 경우가 많았는데, 뉴욕에 산다는 건, Hudson River가 보이는 초고층 아파트에서 베이글과 모닝 커피로 아침을 시작한 후, Wall Street에 있는 또 다른 초고층 빌딩으로 출근을 하여, 현관의 뚱뚱한 흑인 경비에게 조크를 날리고, 바쁘게 지나치는 여직원에게 윙크한 번 해준 다음에, 오피스에 들어가 전화통 붙잡고 어딘가와 존나 악쓰며 주식을 거래한 뒤, 저녁에는 Upper Manhattan의 고급 레스토랑에서 스테이크를 먹고, Soho의 낭만적인 바에서 연인과 Sex on the Beach를 한 잔하며 Keith Jarret을 듣는 삶을 반드시 의미하는 건 아니고, 열두 시쯤 부스스 일어나 해장 신라면을 먹은 뒤 〈라디오 스타〉를 보고, 점심으로 설렁탕을 먹은 다음에 설사를 하며 만화책을 좀 보고, 잠시 누워 쉬다가 저녁으로 피자를 시켜서 술과 함께 열라 먹고 만취한 뒤, 페이스북에 접속해 코멘트를 좀 달다가 별로 안 친한 온갖 사람들에게 전화해 넌 꿈이 뭐냐고 개소리하다 잠드는 뉴요커도 있다고 굳이 말해 준 적은 없었다.

어떤 뉴요커

세븐은 거기 가고 싶지 않았을 거야. 같이 오입질을 했다는 공범 의식을 공유해야만 진짜 친구가 된다고 생각하는 무리들 땜에 어쩔 수 없이 따라간 거겠지. 아가씨는 세븐을 알아봤을 거야. 세븐은 그 냥 저기 앉으라고, 난 그냥 좀 쉬다 가겠다고 말했겠지. 불편한 침 묵이 흐르자 세븐은 그녀에게 혹시 내 노래를 좋아하냐고 물어봤을 거야. 그녀는 한때 세븐의 열렬한 팬이었고 그의 노래들을 너무도 좋아했지. 가까이 앉은 그녀에게 세븐은 자신의 노래들을 불러 주 기 시작해.

여자는 아주 오랫동안 그 일을 해 왔어. 삶이 망가지기 전 그녀에 게도 티 없던 시절이 있었고, 그때 세븐은 티비나 잡지에서 항상 그 녀에게 미소를 지어 주었지. 귀에 이어폰을 꼽고 당신의 노래를 듣 던, 아주 길고 어두운 밤이 있었답니다. 창녀가 돼 버린 그 소녀 앞 에서 지금 세븐이 노래를 부르고 있어. 더럽혀진 세월은 잊혀지고 헐벗은 몸은 다시 교복 입은 순결한 소녀가 되어 그때 그 노래들에 귀를 기울여. 살아 있으니, 이런 날도 오는군요. 이 악물어 참았던 눈물이 터져 나와. 고마워요. 내가 겪었던 그 어떤 시간도 당신은 모르겠지만, 어쩌면 값싼 동정이거나 작은 우쭐함이겠지만, 그래도 고마워. 너무너무 아프고 외로웠단 말이야, 너무 오랫동안 좋은 일이라곤 하나도 없었단 말이야……. 침대에 엎드려 오열하는 그녀를 세븐은 가만히 바라보고 있어. 어깨에 올리려던 손은 그녀의 머리를 향하고, 마치 아픈 고양이를 달래듯 그렇게 천천히 쓰다듬는다. 끝나지 않을 것 같던 울음이 잦아들고 세븐은 마지막 노래를 부르지.

세상에 다친 마음들
모두 믿고 있어요
언젠가 이 모든 일의 답을 찾겠죠
렛잇비……

시간이 되었음을 알리는 벨소리가 울리고 여자는 재빨리 눈물을 수습해. 둘은 더 이상 눈을 마주치지 않아. 문이 열리고, 뒤돌아 무언가 말하려던 세븐은 결국 아무말도 하지 않고 그곳을 나가. 그가 멀어지는 소리를 여자는 눈을 감고 듣고 있어. 한참을 그렇게 있어. 그리고 두 손을 모으고 기도를 해. 어딘가의 누군가에게, 태어나서 처음으로, 기도해. 다음 손님을 알리는 벨이 울릴 때까지 그 기도는 멈추지 않아. 두 뺨에 하염없이 흐르는 눈물은 아까와는 조금 다른 빛을 띠고 있어.

이랬을 수도 있잖아, 한별아

…엘레베이터에서 마주친 저 1202호 아주머니는 대학교 때 고려대생들과 단체 미팅을 했는데, 그중 한 명이 이명박이었고, 그날 그를 거절하지 않았다면 훗날 결혼하여 '영부인'이 될 운명이었으나, 지금은 그냥 '갹 부인'이 되어 음식물 찌꺼기를 버리러 가고 있습니다.

…늘 민망할 만큼 허리 숙여 인사하는 우리 아파트 경비 아저씨는 원래 부모는 주유소를 5개나 갖고 있는 알부자였는데, 신생아실에서 이름표가 바뀌어 엉뚱한 부모 밑으로 가는 바람에 평생을 가난에 짓눌리며 살아 왔답니다.

…지하철역에서 저와 나란히 서 열차를 기다리는 저 예쁘장한 아가씨는 만날 야근만 하는 하나은행 전무 비서인데 사실 어려서 피겨스케이팅을 했다면 지금 김연아의 가장 강력한 라이벌이 됐을 운명이었지요.

…광흥창역에서 내려야 하는데 깜빡 조느라 놓쳐 버린 저 양동근처럼 생긴 청년은 안타깝게도 지금으로부터 32분 뒤 택시에 치어 세상을 떠나게 됩니다. 졸음운전하다 양동근처럼 생긴 청년을 들이받게 되는 택시 운전사 아저씨는 어제 마누라와 이별한 친구의 하소연을 들어주느라 잠을 못 잤던 게지요.

…퀭한 표정으로 영혼 없는 굿모닝을 날리는 하 대리는 도박으로 9천만 원을 날려 6일 뒤에 여의도의 모 아파트에서 투신자살을 하게 되는데, 지갑 속 로또복권이 1등 23억에 당첨됐다는 사실은 영원히 그 누구도 모릅니다.

…하 대리를 가장 아끼는 정 부장은 미국 로스쿨 출신의 엘리트로, 승진도 빨라 주위에선 부러워하지만 사실 본인은 늘 공허함을 느끼는데, 그 이유는 개그맨이 되었다면 유재석, 강호동과 함께 '삼인방'으로 불렸을 운명의 소유자이기 때문이지요.

…그와 동기인 성 부장은 서울대 출신인데, 사실 수능시험 날 앞자리에 앉은 녀석이 갑자기 눈빛 사인을 보내오더니 전체 답안을 다 보여 주는 기적 같은 일이 벌어져 원래는 방울대도 못갈 성적인데 서울대에 진학하게 되었고, 그 이후 삶은 전혀 다른 궤적을 그리게 된 것입니다.

…그 답안을 보여 준 녀석은 지금까지 대한민국에 태어난 아이 중 가장 아이큐가 높은 대단한 녀석인데, 거의 공부를 안 해도 전국 수석을 놓치지 않으면서도 시와 소설에 심취해 있던 별종으로, '수능 날 뒷자리에 앉은 녀석에게 답을 보여 줘 그 운명을 바꿔 놓겠다'는 꿈을 중학교 시절부터 가져왔던 것이지요.

…운명의 장난인지, 자신 덕에 같이 서울대에 오게 된 성 부장에게 2년 동안 사귄 같은 학과 애인을 빼앗겨 그는 홧김에 군입대를 하게 되고 거기서 의문사를 당하게 됩니다. 방금 그에게 커피 한 잔 하자며 어깨를 툭 친 장 대리는 원래……

…될 뻔 하였던 무언가가 되지 못한 사람들이, 갈 뻔 하였던 곳 대신 오게 된 곳에 모여, 하고 싶은 말 대신 해야 되는 말을 나누며 살아갑니다. 일어날 뻔 했던 일들은 객관식 문제의 지워진 보기들처럼 그들 곁을 스쳐 지나갔습니다. 그런 것들이 보이는 나는, 아무런 말도 하지 않습니다.

벌써 점심시간이군요. 가까운 센트럴시티의 푸드코트에서 김치 볶음밥이라도 먹고 와야겠어요.

어느 금요일 점심시간

저는 산낙지입니다. 네, 여러분이 즐겨 드시는 바로 그 산낙지입니다. 산낙지 따위가 어떻게 말을 하느냐고 따지지 마시기 바랍니다. 국가기관이 국가기밀을 누설하는 나라에서 뭐 그리 합리적인 걸 기대하십니까. 그게 다 여러분이 죄 많은 손가락으로 투표한 결과이니 참아야 하듯, 산낙지 따위가 감히 여러분에게 말을 하고 있는 이 답답한 현실도 잘 좀 참아 내시기 바랍니다. 둘 다 끝납니다, 곧.

먼저 말씀드리지만 저는 인간 여러분이 저희를 처드시는 데에 아무런 불만이 없습니다. 암요, 드셔야지요. 약육강식이라는 게 여러분 사이에서는 부정적인 뉘앙스도 쪼매 있는 모양이던데, 저희 짐승 월드에서는 그게 유일한 진리이고 당연한 이치입니다. 아, 강한 놈이 약한 놈 먹지 약한 놈이 강한 놈 먹나요. 예를 들어 어느 날 개구리들이 뱀을 먹기 시작하여 먹이사슬이 끊어지면 생태계는 와장창 무너지고 우린 다 같이 공멸하는 거지요. 그런 의미에서 Food Chain의 정점에 간지나게 자리하신 인간 씨벌님들이 저희를 존나

처드시는 데에 아무런 불만도 없습니다.

억울하면 출세 하랬지만 출세한다고 이게 해결이 되나요, 출발선 자체가 다른데. 니네 뭐 강남 부자랑 달동네 서민 정도의 차이는 암 것도 아니라고. 우린 희망이 없다고 아예. 호랑이 사자 이런 애들은 니네랑 맨몸 다이다이 뜨면 이기기라도 하지 우리야 맞짱 떠도 존나 밟히고 팽개쳐지고 미친놈 만나면 그 자리에서 씹혀 먹히고… 아 소름 끼쳐 생각하기도 싫어. ㅠ_ㅜ

그래도 한 가지 부탁은 좀 합시다. 아, 제발 좀 산 채로 좀 먹지 마 이 미친 넘들아! 아니 도대체 우리한테만 왜 그래? 우리가 만만해? 뭐 피해 준 거 있어? 바다에서 잡혀온 다른 동료들은 사시미를 뜨더라도 우리처럼 산 걸 통째로 입에 넣진 않잖아! 도대체 우리한테만 왜 그래! 아니, 우리가 뭐 생긴 게 아름답기를 하나, 도대체 이해가 안 가!! 뭐, 반항심이야 도전정신이야 뭐야?

산낙지로 태어나고 싶어서 태어난 것도 아닌데 진짜 사는 게 지옥이야… 눈 뜨면 큰 고모가 사라져 있고… 좀 있다 보면 여친이 냉큼 들어 올려져 저쪽 테이블에서 초고추장 듬뿍 발린 채 웬 아저씨한테 화끈하게 먹히질 않나… 좋을 때나 힘들 때나 함께해 온 불알 친구는 또 저기에서 존나 기름 발린 채 어떻게든 안 먹히겠다고 앞다리 콧구멍에 쑤셔 넣고 있고… 늙은 어무이 어디 가셨나 보니 저기서 나무젓가락에 힘없이 둘둘 말리시면서 "낙철아, 에민 괜찮데이~ 어이쿠 이눔들~~" 이러고 계시고… 씨발 이게 뭐냐고 도대체……ㅜ.ㅠ

최소한 부모님 유골이라도 챙길 수 있게… 아, 뼈는 원래 없나. 아무튼…먹는 건 좋은데 최소한의 예의는 갖춰 달라고… 아 죽여서 데쳐 먹건 탕을 끓이건 스파게티에 얹건 니네 맘대로 하라고… 근데 제발 서로 힘들게 산 채로 먹지는 말자고… 우리도 인권… 아니 낙권이 있잖아. 음…으음…? 잠깐, 하하…내 차례가 왔나 보군. 두렵지 않아. 잘 걸렸어. 근성을 보여 주지… 오늘 밤 피똥 쌀 준비해라…!!

낙권 선언

나:이제 널 먹어야 할 때가 된 것 같아.

산낙지: 결심…한 거야?

나: 응… 어차피 먹기로 한 거니까. 시간 끌어봐야 서로 힘들
고……

산낙지: 그래… 준비할게. 근데 혹시 먹기 전에 좀 죽여줄 수 있
을까…? 너무 힘들 거 같아서 그래……

나: 미안. 나도 이제 남들처럼 산 채로 먹으려고…그러려고……

산낙지: 부탁이야 조금만 배려해 줘… 잘근잘근 씹혀 식도로 넘
어간 뒤 너의 뱃속에서 위액에 녹여지며 한참을 고통받을 나를…
우리는 너희처럼 자살도 못해… 숨이 끊어지기까지 그 완벽한 절망
을 견뎌야 한다고… 그곳엔 빛조차 없겠지……

나: 그만해 나도 괴로워… 내 결심은 바뀌지 않아……

산낙지: 나도…나도 꿈이 있었다…? 그 어항 속에서 매일 죽음만을 기다리면서도 꿈을 꾸었다고… 이런 거지… 갑자기 큰 새 한 마리가 어항을 덮치는 거야. 그리고 나를 낚아채는 거지, 물론 먹잇감으로… 근데 그 새는 저 멀리 바다에서 온 새였어. 한참을 날아서 바닷가 둥지로 가다가 나를 놓치는 거야. 그렇게 난 바다로 돌아가는 거지… 그 작은 어항을 벗어나, 흘러 흘러 저 먼 태평양으로 가는 거야. 그 거친 파도를 타고, 해저의 심연도 느끼고, 이름 모를 수천 수만의 생명들과 함께 헤엄을 치고……

나: 미안한데 초고추장 좀 바를게… 계속 얘기해……

산낙지: 아이 차가워라. 음… 그래 그곳은……정말 아름다울 거야… 무기력하게 죽음을 기다리던 그 어항 속 시절은 생각도 나지 않을 만큼 모든 게 흐릿해질 거야… 형형색색의 열대어들이 떼 지어 유영하는 장관을 볼 거고, 우리들의 왕자인 상어의 위엄 있는 자태도 보겠지……

나: 그래 그래…… 자 여기 젓가락에 몸을 감아… 옳지, 그렇게…

산낙지: 아, 다리 꺾여…… 음… 그러던 어느 날 나는 사랑하는 여자를 만날 거야… 우리 낙미… 그리 화려하지도 않은 집을 짓고 거기 살겠지. 삶은 평온할 거야. 이승기 노래처럼 서로를 닮은 아이 하나씩을 낳고… 얘기해 주겠지. 아빠는 사실 저 먼 어느 나라의 수족관에서 죽음을 기다리다 커다란 새에게…으음… 잠깐만……아직 얘기도 안 끝났는데, 벌써? 잠깐만, 여보세요? 이건 아니잖아… 아직 말을 하고 있잖아 내가!

나: 듣고 있기가 괴로워…!!! 넌 음식이야…!!!!! 음식이 무슨 꿈이 있고 사랑이 있어!!! 낙미 좋아하네, 나에게 넌 단백질 덩어리일 뿐이야!!!!! 비참한 똥이 될 준비나 해 인마!!!!! (씹기 시작 우걱 우걱 우걱 우걱 우걱)

산낙지: 꺄아아아아아아아아아아아아아 으갸가아아아아아앙아ㅏ 아아아아아아아아아아 살려주어어어어어어어어엉어어어어어엉 워우 워워 yeah

나: 소용없어 다리 집어넣어!!!! (우걱 우걱) 모든 희망을 버려!!! (우걱 우걱 우걱 우걱 우걱 쩝쩝쩝쩝쩝쩝쩝쩝쩝)

산낙지: 으갸아아아아앙아아 아파 아파 너무 아파아아아아아아아

아아아아 살려줘어어어어어어어어어어어 아이구우우우우웅우우우웅 근데 되게 잘 씹네 혹시 학원 다녔냐? 꺄아아아아아아아아ㅏ 아아아아아아아 씹새꺄아아아아아아아아아아아아아아아아아아아아아 아아아아아 나 죽네에에에에에엥에ㅔ에에에에에에에에에에 에에에에 엄마아앙아아아아아아아아아아아아아아아아아아아 아 주니이이이이이임 내게 강 같은 평화~ 내게 강 같은 평화~ 넘치 네~

나: (삼킨다) 휴우…… 정말 말 많은 산낙지였어. 육질은 좋네…이모, 여기 참이슬 프레쉬 일병 추가~ 제길 근데 기분이 왜 이렇지… 왜 이렇게 눈물이 나지……

산낙지: ……여긴 어디지? 아아 그 자식 뱃속이군. 어두워. 그래이건 꿈일 거야……난 지금 태평양의 어느 구석진 곳에서 우리 사랑하는 낙미랑 행복하게 살고 있는 거야. 잠깐 잠이 든 거지… 낙미야 오빠 곧 잠에서 깰게. 앞으로 너한테 더 잘할 거야… 조금만 기다려… 조금만……

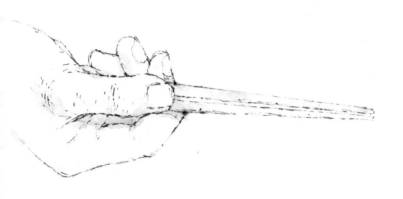

낙철이의 최후

'Lonely Night' 어플을 개발하게 된 동기는 철저하게 개인적인 필요였죠. 누구에게나 그런 밤이 있었을 겁니다. 새벽 2시쯤, 졸리지만 잠은 안 오고, 영화나 책을 볼 기분도 아니고, 그렇다고 술을 마시기도 싫은 그런 밤이요. 그냥 누군가에게 전화해서 수다나 떨면 잠이 올 것 같은데, 사실 그 시간에 어디 전화를 한다는 게 말처럼 쉬운 게 아니죠. 애인이 항상 있는 것도 아니고. 내일 출근할 친구에게 전화했다간 욕이나 실컷 먹을 거고.

그런 밤이었는데, 휴대전화 주소록의 이름들을 쭉 넘기다가, 이런 생각을 했어요. 아, 차라리 모르는 사람하고 얘기를 하고 싶다. 사실 그런 필요에 부응하는 서비스들은 이미 많이 있습니다. 전화방이란 것도 있고, 또 뭐 채팅이나 데이팅 앱 같은 데 들어가면 사람을 만날 수 있어요. 근데 제가 원했던 건 좀 구체적이었습니다. 일단 타자 치는 것도 귀찮다, 가입도 귀찮다, 무슨 앱 들어가서 상대방 사진 확인하고 작업 걸고 이러기도 싫다, 그냥 단지 이 순간 불끄고 누워 잠이 올 때까지 나처럼 잠 못 드는 사람이랑 얘기를 하고 싶다, 이거였죠. 그 생각에서 출발한 것이 Lonely Night입니다.

일단 최대한 심플해지자는 생각이었어요. 앱을 켜면, '커넥트'라는, 단 하나의 버튼이 있습니다. 그걸 누르면 저희 중앙 서버에서 지금 접속 중인 누군가와 연결을 해줍니다. 완전 무작위죠. 60대 할아버지와 20대 여성이 될 수도 있고, 초등학생과 대학생이 될 수도 있고, 가정주부와 가정주부가 될 수도 있어요. LN 앱의 특징은, 하루 24시간 동안 딱 세 번만 연결이 된다는 겁니다. 마지막 세 번째에 상대가 동성이라거나 해서 끊어 버리면 그날은 끝이므로, 이걸로 남자 여자 찾으려는 사람에겐 비효율적이죠. 다들 망할 거라고 했습니다. 하지만 저는 지금처럼 돌풍을 일으키게 되리라고 확신했어요. 저는 그 밤을, 인생보다 길게 느껴지는 그 밤들을, 수도 없이 겪어 봤거든요.

그 시간이 되면 좀더 본질적인 것들을 생각하게 됩니다. 제가 떠올린 그림은 이런 거였어요. 기대했던 것과 다른 상대가 받습니다. 동성일 수도 있고 나이 대가 안 맞을 수도 있죠. 하지만 이게 세 번째이고, 여기서 끊으면 이제 대화할 사람이 없어요. 그래서 그들은 입을 엽니다. 아, 정말 잠이 안 오네요. 네, 저도 그래요. 그리고 이야기를 나누기 시작하죠. 왜 잠이 안 오는지에 대해서, 그날 먹은 음식에 대해서, 드라마와 영화에 대해서, 직상상사에 대해서, 바람 피우는 남편에 대해서, 망해 가는 사업에 대해서, 앞으로의 계획에 대해서. 그러다 대화는 조금씩 잦아들고 마침내 스르르 잠이 듭니다. 그렇게 또 한 번 외로운 밤이 지나갑니다.

믿지 않으실 수도 있겠지만, 저도 가끔 LN 앱을 사용해요. 비즈니스를 떠나 순수하게 유저 입장에서요. 참 신기해요. 그때와 비교할 수도 없을 만큼 돈을 벌었고, 바빠졌고, 수많은 사람을 만나는 데도, 여전히 그 밤은 찾아오니 말이에요.

Lonely Night

팔을 올릴 수도 없었고 몸을 일으킬 수도 없었다. 목소리도 잘 나오지 않았고 오직 눈을 껌벅이는 것만이 가능했다. 몸이 마비됐나? 어보 나 좀 봐봐, 몸이 이상해. 그러나 아내는 등을 돌린 채 코까지 골며 깊은 잠에 빠져 있었다. 이상하군. 어젯밤 잠자리에 들 때까지도 몸에는 아무 이상 없었는데. 한참을 기다리자 마침내 아내가 육중한 코끼리가 몸을 일으키는 듯한 진동을 발생시키며 잠에서 깬다. 거의 동시에 터져 나오는 그녀의 비명 소리. 인간이 저렇게 큰 소리를 낼 수도 있구나. 근데 왜 그러지. 도대체 나에게 무슨 일이 일어난 거지.

목이 잘렸다,

는 것은, 확실한, 분명한, 명백한, 부인할 수 없는 현실이었다. 반정신이 나간 아내가 거울을 가져와 직접 그걸 확인시켜 주었다. 마비가 된 게 아니라 목 아래의 몸이 완전히 사라져 버린 것이었다. 절단면은 마치 오래전부터 그랬던 것처럼 깔끔하게 살로 덮여 피 한 방울 흐르지 않는다. 도대체 누가 왜 목을 자른 건지, 목이 잘렸는데 어떻게 살아 있는 건지, 언제까지 살아 있을지, 따위보다 중요한 건 '이제 어떻게 하느냐'였다. 30여 년을 회사원으로 살면서 체화된 현실주의적 삶의 태도—이미 벌어진 일에 대해선 원인을 따지기보단 대책을 세워야 한다.

선뜻 경찰에 전화를 할 수 없는 이유들이 있었다. 첫째로 '목뿐인 인간'이 살아 있다는 게 어떤 사회적 파장을 불러일으킬지를 생각해야 했다. 신문 방송의 표적이 될 거고, 어쩌면 연구소 같은 데에 끌려, 아니 '들려' 갈 수도 있을 것이다. 더 걱정인 것은 아내와 세 아이들이었다. 한창 사춘기인 애들에게 '목뿐인 남자'의 아들, 딸이라는 게 어떤 영향을 줄 것인가. 아내는 그 아수라장에서 혼자 어찌 아이들을 키울 것인가. 걱정은 산더미였지만 할 수 있는 일이 없었다—몸이 없으니. 철학에 심취했던 대학 시절, '육체에 대한 정신의 우위'를 확신했었지. 개소리였어. 육체가 없는 인간은 짐승만도 못한 거였어.

여보, 이제 우리 어떡해요. 가장인 당신이 이리 됐으니 우리는 뭐 먹고 살아요. 결혼 30년 차의 아내는 재빨리 처음의 패닉 상태에서 벗어나 상황을 현실로 받아들이기 시작했다. 글쎄 말이오. 평생을 일개미처럼 성실하게 일한 죄뿐인 나에게 왜 이런 일이 생겼는지 모르겠소. 일단 몸을 되찾아야 할 것 같은데, 쉽지는 않겠지. 이렇게 쥐도 새도 모르게 목을 자른 자가 과연 아무 데나 그걸 두었겠소? 어쨌든 이리 되었어도 아직 나는 집안의 가장이오. 아이들 학업에 지장을 주지 않도록 당분간 이 사실은 비밀로 해야 할 것이오. 대책을 세워 보겠오. 이제 목만 남아 굳이 식사를 하거나 화장실에 갈 필요도 없는 것 같으니 잘 되었구려, 허허……

몇 주를 고민했지만, 대책 따윈 없었다. 차라리 죽어 버렸다면 가족들에게 보험금이라도 안겨 주었을 것이고, 카프카 소설의 주인공처럼 벌레로 변했다면 말없이 사라져 버리기라도 했겠지만, 목만 남아 버린 인간은 그 무엇도 할 수가 없었던 것이다. 이 사실이 알려져 한바탕 소동이 일어나지 않게 하는 것만이 최선이었다. 아내가 대리로 나의 퇴사 절차를 밟았고, 아이들에게는 일단 장기 해외 출장이라고 둘러대기로 하였다. 예전에 하던 학원 강사일을 다시 시작한 아내는 밤늦게 돌아오면 씻지도 못하고 쓰러져 잠들기 일쑤였는데, 그 모습을 자괴감 속에 지켜보며 나는 차라리 이 생명이 끝나기만을 빌고 또 빌었다.

그렇게 몇 년 동안 아내는 그야말로 악착같이 일했고, 그 덕분에 집안 형편은 가장의 부재에도 불구하고 크게 악화되지는 않았다. 아이들은 모두 일류는 아니어도 서울의 부끄럽지 않은 대학에 진학하였고, 큰 아들은 제대하자마자 떡하니 대기업에 취직하였다. 아직 대학생인 딸들은 과외다 인턴이다 연애다, 바쁘게들 사는 것 같다. 감사하게도 모든 것은 우려만큼 파국으로 치닫지는 않았던 것이다. 힘든 시기를 겪으며 더욱 끈끈해진 가족들은 거의 매일 저녁을 함께하며 이런저런 재미난 이야기들로 와자한 웃음꽃을 피운다.

물론 그곳에 내 자리는 없다.

나는 여전히 목이 잘린 채 안방 한 구석 보이지 않는 곳에 숨겨져 있다. 아내가 어떻게 얘기를 했는지, 아이들은 더 이상 아빠를 궁금해하지 않는 것 같다. 아내 또한 며칠에 한 번, 심할 때는 몇주에 한 번 생사만 확인할 정도로 나의 존재를 잊고 산다. 마치, 당신 아직도 거기 있군요, 하는 눈빛—한때는 그것이 말할 수 없이 서운하고 서러웠지만, 이제는 차라리 편하다. 목이 잘려 아무것도 못하는 주제에 무슨 할 말이 있겠는가. 다만 사랑하는 내 가족이 구렁텅이에 빠지지 않고 이렇게 시련을 이겨낸 것이 기쁠 뿐이다.

감사합니다 하나님
우리 가족을 지켜주셔서

오늘밤 아내에게 얘기 할 생각이다. 이제는 나를 놓아 달라고. 고향 바다까지 가기 번거로우면 멀지 않은 한강 다리에서라도 좋으니, 그만 나를 놓아 달라고. 당신을 안을 수도, 사랑하는 아이들의 뺨을 쓰다듬을 수도 없는 삶을 이제는 끝내고 싶다고. 방 한 구석에서 마치 식물처럼 이 형벌 같은 생을 버텨온 유일한 이유는 나의 죽음이 가족에게 해가 될까 봐서였고, 또 사랑하는 우리 가족이 안정되는 것을 보고 떠나고 싶어서였다고. 스스로의 몸을 던질 수조차 없는 이런 남편이어서 미안하지만, 부부의 연을 맺고 살아온 정으로 부디 못난 남편의 마지막 소원을 들어 달라고… 이제는 그만 편히 쉬고 싶다고…….

그런데 죽음을 결심한 이 순간에조차
아직도 새삼스레 궁금한 것이 있다.

도대체 내 목을 자른 건 누구였을까?

내 목을 자른 건 누구였을까?

걸핏하면 구형 미사일을 쏴대며 콜라랑 스팸을 뜯어 내리는 조선민주주의인민공화국(북한) 땜에 우리에게 '조선'이란 단어는 별로 상큼하지 못한 뉘앙스를 풍기게 된 것이 사실입니다.

그러나 조선은 그 조선만 있는 것이 아니라 저 멀리 단군 할아방이 세운 고조선도 있고, 500년이나 지속된 이성계 옹의 조선 왕조도 있습니다. 500년 동안 한 왕조가 지속된 경우는 동서고금의 역사를 통틀어도 흔치 않지요. B.C. 이후 500년 이상 지속된 왕조는 러시아와 동남아의 두 개 왕조를 제외하고는 모두 한반도의 왕국(신라, 고려, 백제, 고구려) 들이며, 단일 혈통에 의해 500년(정확히는 519년) 지속된 것은 조선이 유일합니다. 신성로마나 오스만투르크는 제국이지 단일 왕조가 아니었지요. 물론 "과연 조선이 독립적인 자치 국가였느냐"는 시선도 있습니다만, 민족 자긍심을 깎아내리는 그런 얘기들은 최선을 다해 무시해야 하겠습니다.

500년 동안 조선은 27명의 왕을 배출하였습니다. 건국의 주역 태조, 너무도 유명한 세종, 〈용의 눈물〉에서 열연한 태종, 따끈하게 마시면 맛있는 정종, 수학왕 연산, 최근 영화로 대박 친 광해 등등, 대단한 왕들이 많았지요. 그러나 저는 개인적으로 조선 최고의 왕을 꼽으라면 제16대 인조대왕을 꼽겠습니다. 그는 너무도 유명한 '삼전도대첩'의 주역이지요.

삼전도대첩을 설명하기에 앞서 중국에 대해 잠시 생각해 보지요. 예나 지금이나 우리의 의식 속에는 두 개의 중국이 있는데, '명나라'와 '청나라'가 그것입니다. '명나라'는 한 마디로 '문명의 발상지, 아버지 나라, 대국, 중원, 문자를 숭상하는 민족'과 같은 긍정적, 존숭적 관점들을 포괄합니다. 반면 '청나라'는 '짱깨, 떼놈들, 오랑캐, 더럽고 경우 없는 야만인'과 같은 부정적, 경멸적 시선들을 상징하지요.

우리 인조대왕 각하께서 정권 잡고 계실 때는 바로 그 명과 청의 정권 교체기였습니다. 명나라가 기울고 누룽지를 좋아할 것 같은 누르하치 각하께서 '후금'을 세우셨는데 후에 후금은 '청'으로 국호를 변경합니다. 쿠데타, 아니 반정으로 정권 잡으신 인조 각하께서는 임진왜란 때 도와준 명과의 의리를 지키기 위해 친명배금 정책을 구사하시며 대세를 남자답게 거부하시고 누르하치 트위터에 'fuck you'를 남긴 뒤 페이스북도 친구 삭제 하십니다. 이는 결국 정묘호란에 이어 병자호란을 부르지요.

 병자호란이란 우리의 인조대왕께서 남한산성에서 한 마리 포효하는 사자처럼 은신하시며 청나라 군사들의 사춘기 소녀 같은 공격을 무려 45일 간 "쟤네 머한다냐?"며 비웃었던 사건이지요. 당시 청나라 군사들은 아무리 포탄을 쏴대도 머리카락도 안 보이게 짱박힌 인조대왕의 기세에 질려 짜장면을 목으로 넘기지 못할 정도였다고 합니다.

 45일 간의 칩거 생활이 끝나시매 우리의 인조대왕께서는 성문을 나폴레옹처럼 박차고 나오시어, 마누라 이름이 '지아'일 것 같은 청나라 왕 홍태지를 삼전도로 부르라고 차갑게 씨불이신 후 먼저 삼전도에 가 계시다가 홍태지가 오니까 그를 향해 한 번 고개를 숙일 때마다 땅에 세 번 머리를 박는 걸 총 세 번 반복하는, 삼배구고두례三拜九敲頭禮의 의식을 개선장군처럼 용맹스럽게 행하셨던 것입니다.

 당시 인조대왕 각하의 굴신하시는 절제된 각도와 300년 종묘사직을 이어받은 왕으로서의 위엄은 오랑캐 우두머리 청 태종이 감히 꿈조차 꿀 수 없는 것으로, 마치 한 마리 나비처럼 고이 접어 나빌레라 절하시며 대가리 박는 인조대왕의 윤무에 당시 만 명에 이르는 구경꾼 백성들은 비트 박스를 하며 오열하였고, 청 태종은 단상

위에서 간담이 서늘해져 "저것이 진정한 왕자의 위엄이로다."라며 탄성을 뱉었다고 사관들은 기록하고 있을 것입니다.

삼전도에서 너무 격하게 춤사위를 벌인 탓인지 한반도 비보잉의 아버지 인조대왕께서는 그후 평생 화병에 시달리다 가셨지요. 아무튼 그날의 짜릿했던 쾌거는 '삼전도비'로 남아 지금도 송파구 삼전도에서 한 위대했던 왕의 모습을 전하고 있지요.

우리는 인조대왕을 사랑해야 할 것입니다.

인조대왕과 삼전도대첩

늘 中간만 가라는 어머니 말씀 받들어 키도 딱 中간으로 커 교실
中간에 앉아 앞뒤의 어中이 떠中이들과 섞이지 않고 공부에 집中해
얻은 中상위 성적으로 中앙대학에 진학한 뒤 이십대 中반에 군대
다녀와 中견기업에 취직하고 삼십대 中반에 中매로 만난 여자와 결
혼해 아들 中건이를 낳아 한 집안의 中심이라는 막中한 사명 아래
일 中독자처럼 살다 보니 어느새 中후한 中년이 되었는데 육中한
덩치의 아내는 이제 일 나갈 때 마中조차 않고 아들은 꾸中도 힘든
中학생이라 앞으로 갈 길이 첩첩산中이요 젊은날의 꿈은 오리무中
이지만 그래도 소中한 가족을 위해 연中무휴 죽어라 일해 마침내
中산층이 되었노라 감격스레 외치는 도中 문득 거울을 보니 웬 우
中충한 노인의 늙은 두 뺨 위로 홍건한 눈물

中간만 가려다가

제대로 된 한 사람의 어른으로 성장하기 위해 그 나이 대에 보고 듣고 느껴야 할 수많은 것들로부터 유리된 채 다년 간 연예 기획사의 연습실 혹은 공장에서 오로지 춤추고 노래하는 기계로 조립되어져 그 몸짓과 미소 하나에서까지 연출과 조련의 역한 분 내음을 풍겨 대는 십대 여자아이들 댓 명이 무대에 올라 가장 치명적인 부위에 최소한의 알리바이용 천 조각 두어 뼘만을 두른 채 귀납적으로 치밀하게 주문 제작된 선율과 박자에 맞춰 그 슬프도록 조숙한 몸뚱이를 흔들어 댄다는 그 '아이돌 시나리오'의 보편적 처참성에는 눈을 감은 채 그저 모니터 너머에서 그들의 탐스러운 엉덩이와 젖가슴만을 마치 아프리카 어린이들의 노동력을 착취하여 빚어 낸 초콜릿처럼 달콤하게 소비해 대는 그 혐오스럽도록 추레한 남성 동지 대열에서만큼은 영원히 이탈해 있고 싶었으나 유튜브에서 그녀의 딴스를 보는 순간 나 역시 목놓아 외칠 수 밖에 없었으니 그 이름 바로 우웃빛깔 현아 님. 아아아, 찬양 받으소서 아아아아 아아 아아 앙아아아아아앙아ㅏㅏ아아.

존귀한 이름

#1. 아들의 죽음

　은수가 세상을 떠난 후 모든 것이 변해 버렸다. 밑바닥에서 시작해 중견기업을 이끄는 사장이 되기까지 수 없는 인생의 고비들을 넘겨 왔지만, 그 모두를 합하고 천만 배를 한대도 이만큼 고통스럽지 않을 것이다. 하루 종일 그 애의 방에서 그 애가 쓰던 물건들을 어루만지고, 그 애의 옷 냄새를 맡고, 그 애의 컴퓨터에 들어가 하나하나 파일을 열어 본다. 그 애는 여자 아이돌 그룹 '클리어문Clear Moon', 그중에서도 정아의 팬이었던 것 같다. 정아의 사진과 영상들만 모아 놓은 폴더는 방대하기 짝이 없다. 손으로 쓴 팬레터도 몇 장 있다. 진지하고 무뚝뚝한 아인 줄 알았는데 이렇게 귀여운 구석이 있었구나. 그 팬레터들을 울며 웃으며 읽는 동안, 두 뺨은 눈물로 범벅이 된다.

　겨우 열네 살이었다

#2. 아이돌이 되기로 결심하다

45년, 철두철미하게 인생을 살아왔지만 이제 그 모든 것이 의미를 상실했다. 사업체를 정리하고 아내와도 이혼한다. 아이돌 댄스 가수가 되는 것—그것만이 단 하나 남은 꿈이다. 무언가 목표를 설정하고 가능한 자원을 동원해 그것을 이루어 내는 것. 사업가로서 얼마나 익숙한 일이던가. 미국으로 건너가 삼 년에 걸쳐 수십억을 쏟아 부어 완벽하게 성형을 하고, 최고수들에게 노래와 춤을 배운다. 아들과 같은 이름, 같은 나이를 쓰기로 한다.

죽은 게 아니야
아빠가 대신 살아 줄게

#3. 오디션에 참가하다

완벽한 십대의 얼굴과 춤, 노래 실력으로 무장하고 귀국한다. 물론 신분은 깨끗하게 세탁이 된 상태다. 학창시절 친구가 사장으로 있는 기획사의 아이돌 오디션에 참가한다. 모두들 쟁쟁한 가운데, 그 대표가 고등학교 때 짝사랑하던 여자에게 고백하며 불렀던 노래를 부른다. 고만고만한 노래와 춤들을 무심히 듣고 있던 사장은 내심 놀라지만, 애써 마음의 동요를 억누르며 어찌 그 노래를 아느냐고 묻는다.

대표님도 제 나이 때 사랑을 하셨을까요
이 노래는 제가 사랑했던 여자에게 불러 주었던 노래입니다

#4. 아이돌이 되다

이례적인 초고속 멤버 발탁을 통해 되며 아이돌 그룹 '비라이언 B.LION'의 멤버가 된다. 그룹 내에서 '신비주의' 이미지를 담당하는데, 실제로도 아무도 그에 대해 자세히 알지 못하며, 팬들 사이에선 외계인설, 전신 성형설, 40대설, 초능력자설 등 온갖 추측이 난무한다. 멤버들은 처음 은수에게 묘한 질투와 거부감을 가지지만, 은수는 곧 연륜으로 그들을 제압한다. 20대 매니저들에겐 인생 고민 상담사 역할을 하게 되며, 사장조차도 개인사와 사업적 방향 등을 은수에게 상담해 온다. 타이틀곡 〈unchanging〉의 인기와 더불어, 미소년 얼굴에 어울리지 않게 애늙은이같이 시크한 말들을 툭툭 던지는 그는 곧 최고의 인기 아이돌이 된다.

#5. 정아

비슷한 시기에 활동하는 가수들은 서로 수도 없이 마주친다. 방

송국에서 파티에서 행사장에서 일주일에 서너 번은 마주치는 정아. 사실 술집에 갈 때도 20대보다는 30대를 선호하는 성향이라, 이런 상황이 아니었다면 저런 어린아이에게 특별한 감정을 느꼈을 리는 없을 것이다. 그러나 운명처럼 그녀에게 다가가게 되고, 다른 아이돌 남자애들과는 너무나 다른 은수의 매력에 그녀도 빠져들기 시작한다. 어떻게 너 같은 남자가 있을 수가 있는 걸까. 아들의 꿈을 대신 이루어 준다는 생각으로, 아들이 일기에 써놓았던 정아와 하고 싶었던 일들을 하나하나 해 나간다

그러나 이 감정이
정말로 나의 것일까

#6. 영원한 비밀은 없다

아이돌 중에서도 최고의 인기를 누리는 두 사람의 열애는 곧 기자들의 레이더에 포착된다. 그들의 수사망은 점점 은수를 조여 온다. 더 이상 신비주의가 통하지 않는 시대란다, 꼬마야. 신분 자체가 위조임을 발견한 연예부 고참 기자는 기획사 사장을 찾아와 딜을 한다. 사장과 마주 앉은 은수는 마침내 가면을 벗는다. 언뜻언뜻 들던 묘하게 낯익은 느낌—그래서였구나. 먼 기억 속의 친구가 눈앞에 십대의 소속 가수가 되어 앉아 있는 현실을 의외로 담담히 받

아들이게 한 건 사업가로서의 위기 의식이었다.

그래 이 딱한 친구야
이제 어떻게 할 텐가

#7. 꿈의 끝

은수는 '정상에 있을 때 떠난다'는 진부한 말을 남기고 은퇴를 선언한다. 은퇴를 반대하는 비라이언 팬들의 폭동에 가까운 시위와 자살 소동을 뚫고 미국으로 탈출한다. 정아는 자신도 은퇴하고 따라나서겠다고 매달리지만 은수는 허락하지 않는다. 내 말을 잘 들어라 아가야. 너의 춤과 노래에 환호하는 저 남자애들처럼, 우리의 마음도 언젠가 변해 버릴 것이다. 영원할 것 같고, 사라지지 않을 것 같고, 죽지 않을 것 같지만, 세상에 그런 건 없다. 목숨 주어도 아깝지 않을 자식도 그런데, 하물며 남녀 간의 사랑이겠느냐. 너는 아름답고 선한 아이다. 나는 너에게 지나가는 사람일 뿐이니 결코 내게 매달리지 마라. 사랑한다고도 하지 마라, 나를 모르고 어찌 나를 사랑할 수 있겠니. 지금 너의 손을 놓는 것이 내 최선의 배려이고, 존중이다.

우리의 시간은

여기까지다

#8. 그리고 세월이 흘러

LA 한인 타운의 조그마한 바. 손님은 주로 한인 혹은 아시안들. 포켓볼을 치거나 머신게임을 할 수 있고 여러 대의 모니터에선 끊임없이 K-POP 뮤직비디오가 흘러나온다. 불과 5년 전 대한민국 최고의 아이돌이었던 남자는 이제 50을 넘긴 초로의 중년이 되어 가게를 지키고 있다. 성형 원상 복구를 하는 데 비용뿐 아니라 후유증도 만만치 않아 이제는 원래 나이보다도 훨씬 늙어 보인다. 그는 가끔 비라이언 노래가 나올 때면 무의식적으로 안무를 따라 해 본다.

손님 하나 없이 한산한 날. 가게 안으로 한 남자가 들어선다. 남자는 두리번거림조차 없이 곧바로 바 쪽으로 걸어와 주인 앞에 앉는다. 그를 알아본 주인은 잠시 멈칫하지만, 이내 체념한 듯 컵 두 개를 꺼내 잔을 채운 후, 그중 하나를 남자에게 건넨다. 기획사 사장과 소속 가수였던 두 사람은 다시 오래 친구로 돌아와 술잔을 마주친다. 오랜만일세, 은수군. 누가 먼저랄 것도 없이 웃음을 터뜨린 둘은 한참을 그렇게 웃어 댄다. 웃음이 잦아들 때쯤 입구 쪽에 서 있는 한 여자를 발견한다. 남자는 당황스런 눈빛으로 사장을 바라보지만 그는 어깨를 으쓱해 보일 뿐이다. 그 순간 가게 곳곳의 모니터에서 비라이언의 〈unchanging〉이 흘러나오기 시작한다. 세 사람은 아무 말 없이 그 화면을 바라본다.

　시간이 흘러도
　변하지 않을까
　너와 나
　unchanging⋯⋯

unchanging

"원빈 팬이신가 봐요. 저랑 친한 형인데……."

…내가 왜 그랬을까. 아무리 생각해도 이해가 안 되는 일이었다. 나를 아는 사람들은 다 안다. 난 결코 허세를 부리거나 뒷감당 못할 일을 벌이는 타입이 아니란 말이다. 이런 게 사랑의 힘인가. 솔직히 그녀가 너무나도 마음에 들었다. 큰 키에 긴 생머리를 한 그녀, 현정. 몇 주 전 친구들 여럿이 모인 술자리에 친구의 후배인 그녀가 있었고, 나는 그녀 옆자리에 앉게 되었다. 그야말로 술을 입으로 마시는지 마빡으로 마시는지 모를 지경이었다. 내 이상형이었던 것이다. 사실 내 친구들은 다들 나보다 잘 나간다. 부모 잘 만나 벌써 회사를 이끄는 놈도 있고, 지 노력으로 변호사니 의사니 된 놈들도 많다. 이도 저도 아닌 데다 딱히 잘 생기거나 말발이 좋지도 않은 나는 아마 그녀의 눈에 띄지도 않았을 것이다―내가 저 말만 안 했어도.

"지인짜요오오!!?"

호프집이 떠나갈 듯한 비명을 터뜨리는 그녀. 아아, 인간의 동공은 저렇게 크게 확장될 수도 있는 거였구나. 나는 먼저 친구들의 눈치를 살폈다. 우리는 압구정동에서 자랐고, 연예인 친구라든가 애인이라든가 하는 게 그리 낯선 무리는 아니다. 몇몇은 그저 이 술자리의 꽃인 그녀의 관심이 내게 쏠리는 게 못마땅한 듯했고, 몇몇은 정말로 내가 원빈이랑 친하냐, 하는 객관적 팩트의 확인에 몰두하는 진리 탐구적 자세를 취했다. 다 소용없는 일이다. 서른이 넘은 우리는 더 이상 어릴 때처럼 서로의 인생에 대해 속속들이 모두 알지는 못하는 것이다. 마치 '신의 존재'처럼, 그들에게 나와 원빈의 친분 여부는 증명도 반증명도 불가능한 명제일 뿐이다.

결국 그로부터 3시간여 나는 그녀를 거의 독점할 수 있었다. 물론 원빈 얘기만 한 것은 아니다. 남녀가 호감을 갖고 가까워질 때 할 만한 기본적 호구조사 및 캐릭터 파악에 가까운 대화였다. 하지만 '원빈'이라는 거짓 주춧돌 위에 돌멩이를 하나씩 얹어 가는 기분이 편하지는 않았다. 에이 못난 자식, 친구들이 스무 살 때 하던 연예인 친구 자랑을 이 나이 처먹고 하다니. 아니, 사실 원빈을 전혀 모르잖아. 주변에 안다는 사람도 전혀 없잖아. 큰일이군. 난 정말로 현정이가 좋아. 사귀게 될 수도 있다구. 물론 원빈 땜에 나랑 사귀진 않겠지만, 그 문제는 계속 거론이 될 거잖아. "얘들아 우리 오빠는 원빈이랑도 친해." "와, 니네 오빠 진짜 짱이다! 오빠, 오빠 우리

한번 만나게 해줘요!' 상상 속에서 그녀의 친구들 270명이 달려들었다. 속이 울렁거리기 시작했다.

며칠 후 정말로 현정이는 나의 여자 친구가 되었고, 나의 고난도 본격적으로 시작되었다. 조금이라도 도움이 될 만한 지인들에게 연락을 때려, 내가 원빈과 만날 수 있는 가능성을 타진하기 시작했다. 빈형, 이제부터라도 좀 친해집시다 방송국이나 엔터테인먼트 쪽에 일하는 친구들이 주로 그 대상이었는데, 지극히 상식적인 대답이 돌아왔다: "우리도 본 적 없어, 인마." 자기들이 프로그램을 같이 하는 아이돌이나 탤런트 정도라면 몰라도, 원빈은 그들에게도 넘사벽의 대스타였던 것이다. 에이 씨발, 그 새끼는 뭐 하루에 다섯 끼 먹고 산대? 부모한테 세숫대야 하나 잘 타고 나서 뭔 유세가 이리 심해? 여자 꼬시려고 구라친 걸 억지로 수습하려다 실패한 좌절감을 그렇게 애꿎은 미남 배우에게 욕설로 쏟아 냈다. 아아, 근데 진짜로, 이 일을 어떡한단 말이냐.

시작되는 사랑은 달콤해야 마땅한 것 아니겠는가. 장마철의 축축한 대기마저 산뜻하고, 밤하늘에 외롭게 뜬 별 하나로도 온 세상이 환해야 마땅한 것 아니겠는가 말이다. 난 그렇지 못했다. 같이 밥을 먹을 때도, 길을 걸을 때도, 뽀뽀를 할 때도 '원빈 트라우마'에서 벗어날 수 없었다. '원반' 같이 생긴 물체만 봐도, 무언가 '운반' 중인 사람만 봐도, 커피 '빈'에만 들어가도, 누가 '아저씨'라는 호칭으로만 불러도 괜히 깜짝깜짝 놀라곤 했던 것이다. 진짜 이렇게는 못 살아. 누구에게 피해를 준 것도 아니고, 그냥 사소한 허풍을 한번 친 것뿐이잖아. 어릴때 에쵸티, 젝스키스랑 친하다는 놈들 얼마나 많았는데. 물론 서른 넘어 쪽팔리긴 하지만, 이게 무슨 죽을죄라고 이렇게 고통받아야 하는 거냐고. 몇 주 간의 맘고생에 지친 나는 소주 세 병을 거의 한 시간 만에 비우고 새벽 3시에 그녀에게 전화를 걸었다.

"……여버세요… 현정아? 야…… 나 너 사랑한다…진짜로…… 나 생머니 여자 진짜 좋아하는거든? 정말 널 처음 보은데 많히 사랑해꼬…… 아니 그게 아니라…… 처음 보는네… 맘에 들어서 지금 사랑했하고…. 어?술 머겄찌…놀라지 마. 지금부터 나 하는 말…… 나 사실 원빈 몰라……그 씹새끼 모른다고……. 하하하…내과 이런 놈이야, 인간 쓰레기…… 널 꼬실라고 내가 거짓말한 거야. 하하하하하하하…… 나 원빈 몰라…!!! 씨발…왜 웃어……내가 웃기야? 원빈처럼 안 생겨 나는 오징어냐? 차라리 나를 씹어 먹어 줘 땅콩이랑……말을 해봐…닥쳐! 제발 아무 말도 하지 마!!! 난 떠나께! 회사 정리니까 인생…… 정말 가슴 찢어지지만 내가 돈 많고 잘생기지 못해서…… 으흐흐흐흐흐흐흑 씨발 원빈을 몰라서…… 으흐흐흐흑 카악, 퉤!! 이제 우연이라도 마주치지 말자. 서로 없었던 것처럼 살자. 안녕……내 사랑… 안녕…….”

  나는 그녀의 대답도 듣지 않고 전화를 끊어 버렸다. 그리고 노트
북으로 원빈을 검색하여 그놈 얼굴을 크게 띄운 후 주먹으로 모니
터를 갈겨 부숴 버렸다. 어차피 바꾸려곤 했던 꽤 비싼 노트북이었
지만 전혀 아깝지 않았다. 원빈 이 개자식, 내 오늘의 이 수모 잊지
않으마. 내 반드시 성공해서 너를 내 앞에 무릎 꿇릴 것이고, 기어
이 네게 커피 심부름을 시키고야 말 것이다. 내 남은 인생 전부를
너의 불행을 위해 바친다……. 미친놈처럼 혼자 독백 쇼를 하고 있
는데 카톡이 울렸다. 현정이었다. 우리 관계가 그 후 어떻게 되었을
지 유추할 수 있을, 그 짧은 한 문장을 이 글의 제목으로 삼으며 달
달하게 마칠까 한다.

나한텐 오빠가 원빈이야

누구에게나 잊을 수 없는 사람이 있을 것입니다. 저에겐 그녀가 그랬습니다. 그녀를 처음 본 순간을 기억합니다. 긴 생머리에 노란 원피스를 입은, 청순가련형의 그녀가 공원 벤치에 앉아 책을 읽고 있었습니다. 이 세상에 태어나 두 눈으로 본 어떤 풍경보다도 아름다웠습니다. 한참을 홀린 듯 바라보다 결국 그녀에게 다가가 말을 걸었습니다. 수줍어하던 그 웃음을 어떻게 잊을 수 있을까요. 우리는 그렇게 만났고, 마치 동화 속의 이야기처럼, 얼마 지나지 않아 연인이 되었습니다. 죽는 날까지 잊지 못할 제 슬픈 사랑은 그렇게 시작되었습니다.

너무나 소중했기에 모든 게 조심스러웠습니다. 손을 잡는 데도 여러 날이 걸렸습니다. 그녀의 집으로 초대받았을 때는 너무나 설레어 잠을 이루지 못할 정도였습니다. 결국 뜬 눈으로 밤을 새고 그녀의 집으로 갔습니다. 그녀가 만든 오므라이스를 맛있게 먹고 있었는데, 마치 운명처럼, 그 소리가 들려왔습니다. 그 소리가 저에게서 났다면 얼마나 좋았을까요. 하지만 그 방귀는 그녀가 뀐 것이었습니다. 마치 50대 남성이 뀐 듯한 우렁찬 방귀였습니다.

저는 놀라서 그녀를 처다보았습니다. 사람의 얼굴이 그렇게 빨개
질 수도 있다는 걸 처음 알았습니다. 귀여웠습니다. "요정인 줄 알
았더니 사람이었군요." 분위기를 수습하기 위해 그렇게 농담을 던
졌습니다. 그녀는 조용히 숟가락을 놓더니 고개를 숙였습니다. 한
동안을 그렇게 있었습니다. 그러다 천천히 자리에서 일어나 창가
쪽으로 걸어갔습니다.

그리고 창문을 열고 15층 밖으로 몸을 던졌습니당.

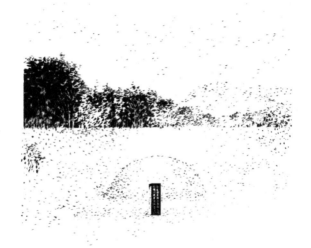

사랑했지만

심우경이 생각났어. 정말 뜬금없이. 초등학교 때 엄청 친했던 친구야. 키 크고 마르고 뭔가 좀 내성적이면서도 웃기고, 하여튼 그런 놈이었어. 완전 장난꾸러기였던 나에 비해 좀 심각한 면도 있었지. 나중에 어른이 되면 같은 집에 살자고 약속했었어. 심우경을 내가 어떻게 20년 동안이나 까맣게 잊고 살았을까? 그렇게 친했었던 놈인데.

바로 동창 세 명에게 카톡을 보냈어: 심우경 소식 아는 사람? 다음과 같이 답이 오더군 1. 몰라. 2. 심우경이 뉴규? 3. 바쁘다. 부연 설명을 했지만 아무도 심우경을 모르더라고. 이상했지. 저 세 명은 각기 다른 학년에 나랑 같은 반이었거든. 한 번이라도 심우경이랑 같은 반이었던 녀석이 있을 텐데. 그러고 보니 더 이상한 게, 심우경이 나랑 언제 같은 반이었는지가 기억이 안 나. 아니, 같은 반이기는 했나? 분명한 건, 심우경네 집에 가서 놀았다는 거야. 같이 옥상 탐사에 나서기도 했고, 와리가리도 했고, 발야구도 했지. 내 생일날 칸초 한통을 선물한, 진짜 웃기는 놈이었어.

졸업 앨범에 심우경이 없다는 걸 확인했지. 놀랄 일은 아니었어. 전학이나 유학을 간 걸 테지. 일단은 연락처가 있는 동창들에게 거의 다 전화를 해봤어. 정말 단 한 명도 심우경이라는 이름을 모르더군. 분명히 말하지만 심우경은 절대로 존재감이 없는 친구가 아니었어. 월등하게 키가 컸고 운동도 꽤 잘했지. 기분이 이상해지더군. 어떻게 아무도 심우경을 모를 수가 있지.

아무 일도 손에 잡히지가 않았어. 회식도 빠지고 동창 원엽이를 만나 소주 한 잔 하며 얘기를 했지. 원엽이는 우리 학교 어린이 회장 출신으로, 자타공인 마당발이야. 그런 원엽이가, 심우경이라는 애는 우리 학교에 다닌 적이 없다고 단정짓더군. 그러면서 최근 내 주변의 개인적인 문제들과 심우경을 연관 짓기 시작했어. 거기서 난 폭발했지.

…아니 그럼 심우경이라는 애가 아예 없었는데, 내가 최근의 스트레스로 그런 애를 망상으로 만들어 냈단 말이야? 그게 말이 된다고 생각해? 내 기억 속에 이렇게 분명하게 심우경이 있어. 같이 옥상 탐사를 했고, 와리가리를 했고, 발야구를 했어. 내 생일날 빼빼로 한 통을 선물하던 그 치사하고 웃긴 표정까지 어제 일처럼 생생하다구. 너야말로 만화를 너무 본 거 아니냐…….

친구들은 이제 심우경의 '심' 자만 꺼내도 짜증을 냈어. 나도 지

치기 시작했지. 심우경을 찾는다 한들 사실 달라질 것도 없을 거야. 어린 시절의 친구란 사실 그런 거잖아. 만나겠지. 반갑겠지. 변했다거나 변하지 않았다거나 하는 얘기를 주고받겠지. 함께하지 않은 시간이 마치 없었던 듯 술잔을 부딪치다가 다시 함께하지 않은 시간으로 돌아가겠지. 다 그런 거잖아. 이미 서로가 없는 세월을 너무 오래 살아 버린 거잖아.

그러던 며칠 전이었어. 침대에 누워 잠이 들락 말락 하고 있는데 휴대전화가 울렸지. 낯선 번호였는데, 왠지 나는 그게 심우경임을 확신했어. 통화 버튼을 누르고 몇 초 간의 정적이 흘렀어. 그리고 30대 남자의 것이기엔 좀 얇은 듯한 목소리가 들려오더군. *야, 장재용, 니가 그렇게 날 찾았다면서!*

아아 그 말투. 그 목소리. 그건 분명히 심우경이었어. 나도 아무렇지 않은 듯 그래 이 새끼야, 찾았다! 하고 시원하게 욕이나 한마디 던지려는데, 갑자기 목이 메이면서 울음이 터지고 만 거야. 인사말도 나누기 전에 한동안을 그렇게 흐느꼈지. 이십 년만의 통화였는데 얼마나 황당했을까. 그런데 심우경은 말없이 내 울음이 잦아들길 기다리더니, 그렇게 말하더군.

친구야,
사는 게 많이 힘들었나 보구나

그 밤, 우린 아주 많은 이야기를 했어. 함께 장난친 얘기들, 옥상 탐사해서 야한 잡지 찾아낸 얘기, 문방구에서 도둑질한 얘기, 와리가리, 발야구 하던 얘기, 생일 선물이랍시고 칸초 하나 줘서 열 받았던 얘기……. 추억은 끝이 없었어. 밤새 전화통을 붙잡고 그렇게 웃기도 하고 울기도 하다 잠이 들어 버렸지. 눈을 떴을 땐 아침이었어. 통화 기록은 남아 있지 않더군. 꿈이었을까. 그럴 리는 없겠지. 녀석의 목소리가 이렇게나 생생한데.

심우경을 만나고 싶어. 만날 거야. 난 알아, 심우경은 분명히 있어. 찾아 낼 거야, 심우경을. 그리고 웃으면서 얘기하겠지, 야, 너 찾는데 고생했다, 인마. 아니 아무도 너를 모르더라고. 하지만 난 믿고 있었다, 언젠가 너와 이렇게 만나 술잔을 기울일 것을.

심우경을 모른다던 녀석들에게 얘기해 주고 싶어. 심우경은 있었다고. 모든 게 변했지만, 이렇게 우리 다시 함께라고. 나만큼 나이든 내 친구 심우경이, 지금 내 앞에 앉아 웃고 있다고…….

심우경을 아십니까

오지 않는 잠을 청하며 한참을 뒤척이다 결국 자리에서 일어나 불을 켠다. 책장 깊은 곳을 더듬어 때 묻은 사전 하나를 꺼낸다. 그 사전에는 페이지마다 단 하나의 단어가 씌어져 있다. 먼저 '힐링'을 찾는다. 누가 누구의 힐링이 될 수 있겠는가. 몇 마디 말로 치유될 상처였다면 애초 상처라 부르지도 않았을 것이다. 찢는다. 그 다음 '진심'을 찾는다. 거짓을 말해서 손해 본 적은 한 번도 없었다. 칼날이 되어 돌아오던 건 모두 내 진심이었다. 찢는다. 이번엔 '순수'를 찾는다. 마치 혼자 위험한 나무 꼭대기로 오르는 바보에게 영악한 아이들이 보내는 박수갈채와 같은 것. 찢는다. 또 무엇을 찢을까. 또 무엇을 지울까. '우정'을 찢는다. 모두 떠나 이제 아무도 남지 않은 그 놀이터. '사랑'을 찢는다. 결국 혼자 돌아가야만 했던 그 서늘한 방. '신'을 찢는다. 없거나 있어도 닿지 못할 머나먼 나라. 이제 무엇이 더 남았을까. 발작적으로 페이지를 넘기며 닥치는 대로 쥐어뜯기 시작한다. 한때 어린 눈망울에 담았고 설레는 가슴에 담았던 그 말들이 하나하나 구겨지고 찢겨지고 버려진다. 결국 어디에도 없었던 것이다. 결국 누구에게서도 찾지 못했던 것이다.

너덜너덜해진 그 사전에 얼굴을 묻은 채 어린 아이처럼 큰 소리로 울기 시작한다. 이제 나는 두 번 다시 시를 짓지 못할 것이다……

……한참을 그렇게 울다 문득 고개를 든다. 방안은 온통 구겨진 종이들로 가득하다. 아직도 손에는 그 사전을 쥐고 있다. 미처 찢어 내지 못한 마지막 한 페이지에, 눈물로 흐리게 번져 버린 한 단어가 보인다.

'희망' 이라고 씌어 있다.

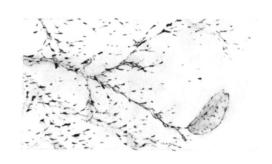

마지막 잎새

"……왜 작가가 되었냐고. 원래 고2까지 이과였어. 약대에 진학할 거였고 성적도 충분했지. 근데 국어 선생이 꼬신 거야, 넌 글을 써야 한다고. 어릴 때부터 뭘 쓰면 항상 칭찬은 받았지. 근데 그 선생은 그 정도가 아니었어. 넌 반드시 써야만 한다고, 쓰기 위해 태어났다고, 난리도 아니었지. 그래서 고3 때 문과로 옮겼고, 국문학과에 진학했어. 본격적으로 쓰기 시작한 거지. 근데 엄마에겐 경험이 없었어. 순 책이나 영화에서 본 간접경험뿐이었지. 연애 경험 없이 연애 소설을 쓴 거야. 그래도 이를 악물고 써댔어. 신춘문예에 응모하면 늘 가작은 되었는데, 가작은 아무 의미가 없어. 당선이 되어야 해. 지금은 어떤지 모르지만 엄마 때는 신춘문예 당선 혹은 문예지 추천을 거치지 않으면 작가가 될 수 없었어. 결국 중앙일보에서 당선이 되었고, 소설가 타이틀을 얻었지. 책을 냈고, 드라마도 썼어. 박수를 받았지. 그런데 말이야, 엄마는 그때 벌써 지쳐 있었어. 너무 많은 시간이 걸렸거든. 창작은 정말로 뼈를 깎는 고통이었어. 이 노력으로 다른 걸 했으면 뭐를 못했을까. 돌아보면 후회뿐이야. 절대 착각해서는 안 돼. 프로가 된다는 건 전혀 다른 이야기야.

소설가든 시인이든 영화 감독이든, 창작은 다 마찬가지야. 예술은 그게 목적이 아닐 때 가장 아름다운 거야. 예술은 거짓말이고, 가짜야. 가짜를 살지 마, 진짜를 살아, 아들."

스포일러

'집' 떠나온 열차' 칸의 때 묻은 '창가' 에
문득 멈춰선 '거리에서' 들려오던 낯익은 '선율' 에
'부치지 않은 편지' 들이 쌓여 가던 '흐린 가을 하늘가' 에
김광석이 있었다

'멀리서 바라볼 뿐 다가설 수 없었던' 누군가의 곁으로
'먼지가 되어서' 라도 가고팠던 '그날들' 에도
'너무 아픈 사랑은 사랑이 아니' 기에
이젠 정말 '잊어야 한다는 마음' 으로 지새웠던
그 '혼자 남은 밤' 에도
김광석이 있었다

현란한 기교와 꾸며진 음색으로 가득 찬
도시의 뒤 켠 한구석에 여전히
촌스러운 통기타에 떨리는 목소리로
사랑과 사람을 노래하는 그가 있다

세상에 나와 '처음 울던 날'로부터
떠꺼머리 '이등병' 시절을 지나
'서른 즈음'에서 '황혼에 기우는' 나이에 이르기까지의
여정 그 마디마디에
어김없이 김광석이 있다

살다 보면 반드시 어느 골목에선가는
그렇게 저마다의 김광석을 만나게 된다
너무 늦거나 이르지 않았으면 한다
'매일 이별하며' 사는 삶이지만
그래도 '계절은 다시 돌아' 온다고
그러니 '이제 다시 시작'이라고
아직은 말할 수 있는 나이 '즈음'이면 좋겠다

진짜 '김광석'을 만나는 것이

김광석을 만난다는 것

남자의 이름도 이유진이고 여자의 이름도 이유진/ 李有鎭으로 한자까지 똑같음/ 두 사람 모두 1980년 6월 3일 오전 8시에 서울에서 출생/ 남자 이유진은 아버지가 사업가이고 어머니가 피아니스트/ 여자 이유진은 아버지가 피아니스트이고 어머니가 사업가/ 남자 이유진은 남중 남고를 나와 고려대학교 국문학과에 진학/ 여자 이유진은 여중 여고를 나와 연세대학교 국문학과에 진학/ 둘은 98년 치러진 대학수학능력시험에서 311점으로 똑같은 점수를 받음/ 두 이유진은 모두 중학교 때부터 습작시를 썼는데, 똑같이 「별을 찾아서」라는 제목의 시를 백일장에 제출한 적이 있음/ 남자 이유진은 왼손 중지가 검지보다 짧고, 여자 이유진은 오른손 중지가 검지보다 짧음/ 두 사람 모두 1996년 마이클 잭슨 내한 콘서트에 갔었는데, 남자 이유진은 좌석에서 일어나 시야를 가리는 사람들 무리를 향해 음료수 캔을 던진 기억이 있고, 여자 이유진은 뒤에서 날아온 음료수 캔에 머리를 맞은 기억이 있음

두 사람이 처음 만난 것은 2006년 11월 6일 밤 11시/ 애인과 헤어

진 슬픔을 달래려 무작정 차를 몰고 고속도로를 달리던 중 영월 휴게소 근처에서 여자 이유진이 몰던 흰색 아반떼 XD의 타이어가 펑크가 났고/ 약 11분 후 역시 애인과 헤어져 울면서 차를 몰던 중 비상등 켠 흰색 아반떼를 보고 멈추려다 역시 타이어가 펑크 난 남자 이유진의 검은색 아반떼 XD가 그 옆에 선 것/ 그것이 그들의 시작이었고/ 인연의 빨간 실로 연결된 그들은 얼마 지나지 않아 연인이 되었으며/ 단 한 번 싸움조차 없이 사랑을 가꿔 가며 힘들 때는 지켜 주고 좋을 때는 같이 기뻐해 주던 그들은/ 나이가 차자 당연하게도 결혼 이야기를 꺼내게 되었고/ 상견례도 했는데/ 남자측의 '집 문제'와 여자 측의 '혼수 문제'로/ "어떻게 키운 딸인데"와 "내 아들이 어디가 모자라서"로 대립하다/ 결국 남자 이유진 아버지가 여자 이유진 아버지 구타/ 여자 이유진 어머니가 남자 이유진 어머니 구타/ 또이또이로 고소 취하/ 파혼/

영원히 남남

말도 안 되는 실화失和

내 이름은 강상도라고 한다. 출신은 경상북도 경주다. 이름이랑 고향 갖고 놀릴 생각마라, 바로 턱주가리 날아간다. 서울 온 지는 이제 한 삼 년 됐지 싶네. 오고 싶어 온 거 아이고, 공부를 잘해가 서울대학교에 붙어 온 기다. 쪼매 남쪽에 있어 '남서울대학'이라 카는데, 우리 학교 아들은 '남'을 묵음으로 처리하는 전통이 있으이 꼭 좀 유의해도.

서울 생활 해보이 눈꼴시려른 게 한두 개가 아이다. 말해 머하노? 음식이 맘에 드나, 아들 하고 다니는 꼬라지가 맘에 드나. 특히 사내 자슥들 하는기 대체 그기 머꼬? 우옛든동 가스나 한번 어케 해볼라꼬 벨 지랄들을 다 하는디 참말로 눈꼴시러버 볼 수가 없다. 그리 할 일들이 없나? 등 따숩고 배 부르이 보이는 게 기집뿐이가? 할라믄 싸나답게 하든가! 가스나 차 내릴 때 문 열어 주고, 식당에서 의자 빼쌌고, 이벤트인지 삼벤트인지 해쌌고, 밖에서 어디 앉을라 카믄 양복 웃도리 벗어 깔아 주고……. 어디 머 상이군인 만나나? 가스나 궁둥이가 왕족 궁둥이가? 니들 어무이한테나 좀 그렇게 해라 이 더덤한 자슥들아!!

싸나는 말이다, 맘에 드는 가스나 있음 그저 달려가 싸다구부터 날려 혼을 빼노은 담에 머리채를 휘어잡고 집으로 끌고 오는 기다!! 그러다 신고 들어가 감방가믄 싸나답게 징역 살고 나와서 다시 그 가스나 찾아가 싸다구 날리고 머리채 잡는 기라! 될 때까지 하는 기라! 어, 저기 마침 하나 지나가네. 니, 내 하는 거 똑똑히 봐라, 싸나가 뭔지를 함 보이 주께. 어이, 거기 아가씨요, 아가씨요! 깜장 완피쓰! 내 좀 잠깐 보입시다…!!!

경상도 사나이 강상도

7:25 AM: 한 시간 전에 올린 글에 단 한 개의 댓글도 '좋아요'도 달리지 않았음을 확인했다. 분명 '전체 공개'다. 정말 이상하군. 자랑은 아니지만 내 글은 인기가 좀 있다. 학교동창들, 직장동료들, 지인들, 그리고 온라인으로 알게된 '페친'들이 모두 1700명이나 된다. 매일 아침 출근 전 굿모닝 인사처럼 글을 남기는데, 적어도 100여 개의 좋아요와 수십 개의 댓글이 달린다. 오늘 아침에도 그런 글을 남긴 것이다. '월요일 아침, 날씨도 우중충한데 기분까지 꿀꿀하면 안 되겠죠! 모두들 파이팅 넘치게 한 주 시작하세요…!' 그리고 한 시간이나 지났는데 단 한 개의 좋아요도 댓글도 달리지 않은 것이다. 믿을 수 없는 일이었다.

8:07 AM: 종로3가 역에서 회사까지는 걸어서 10분이 채 안 된다. 가는 동안에도 서너 번 핸드폰을 체크한다. 여전히 0개다. 도대체 뭐가 잘못된 거지. 혹시 글이 지워졌는데 핸드폰에서만 보이는 건가. 장 과장님 주말 잘 보내셨어요? 반가운 체 인사하는 하 대리를 잰 걸음으로 지나쳐 자리에 앉는다. 컴퓨터로 페이스북에 접속해

타임라인을 확인한다. 여전히 0개. 그 밑에는 금요일 아침에 올린 글이 보인다. "금요일입니다. 한 번쯤 타오르는 '불금' 말고 물처럼 잔잔하게 흐르는 '물금'을 보내 보는 것은 어떨까요. 좋은 주말 되세요…." 좋아요 167, 댓글 53. 이게 정상인데. 도대체 뭐가 문제지. 너무 뻔한 말을 했나. 아니 그런 적이 한두 번인가. 보고서 파일들을 열어 보지만 눈에 들어오지 않는다. 계속해서 페이스북을 확인한다. 계속해서 0이다.

12:02 PM: 장 과장 점심은 신라에서 갈비탕 어때. 정 부장이 만면에 사람좋은 웃음을 띠고 손짓을 한다. 대학 선배이기도 한 그는 입사 때부터 나를 각별히 챙겨왔다. 갈비탕 좋죠. 김 대리와 양 대리도 따라나선다. 이들은 모두 나와 페이스북 친구이다. 다들 봤겠지. 아무도 좋아하지 않는 내 인사말을. 갈비탕을 앞에 놓고 와자하게 떠드는 그 얼굴들을 바라본다. 더러운 위선자들. 사실은 타인을 위해 클릭 한번의 수고도 할 생각 없으면서 앞에서는 저렇게 인간적인 표정들을 짓고 있다. 누구라도 클릭 한번만 해주면 이 지옥같은 불안에서 벗어날 수 있는데. 그럼 모든 게 정상으로 돌아올텐데.

3:21 PM: 올린 지 8시간이 지났다. 여전히 0이다. 이제는 결단을 내려야 한다. '헉 무플이네요 이런 적은 처음인데 ㅎㅎ 걍 제가 댓글 남겨유 ㅜㅠ'라고 쓰고 엔터를 치려다 지운다. 그런 연기를 할

만한 마음의 여유가 없다. 지금 온라인 중인 사람만 252명. 그들을 본다. 초등학교 동창, 중학교 동창, 고등학교 동창, 대학 동기, 선후배, 동네 친구, 직장 동료, 페친들……. 모두 나와 크고 작은 인연을 가진 사람들이다. 도대체 왜 나를 무시하는 것일까. 나름대로 성실하고 무난하게 살아왔다고 생각했는데. 갑자기 그들 모두가 낯설어진다. 나를 안다고 생각했고 그들을 안다고 생각했다. 모든 게 나의 착각이었을까. 도대체 누구인가, 이 자들은, 또, 나는.

7:48 PM: 퇴근하는 지하철 안. 출근 시간과 퇴근 시간의 지하철은 비슷하면서도 미묘하게 다르다. 똑같이 붐벼도 퇴근 시간의 밀도가 훨씬 낮다. 모두들 어딘가에 그만큼 자신을 빼앗기고 온 것이다. 지친 표정의 사람들이 저마다 손 안의 조그마한 기계에 얼굴을 박고 있다. 페이스북을 하는 걸까. 혹시 내 비참한 인사말을 보았을까. 아무도 좋아해 주지 않는 내 진짜 얼굴을 보았을까. 유머와 알량한 글재주 뒤에 가려진 내 허기진 자아를 보았을까. 이렇게 어이없이 무너질 수 있는 인생의 참모습을 보았을까. 그래서 저렇게들 웃고 있는 걸까. 두 손으로 얼굴을 감싸 쥔다. 숨이 잘 쉬어지지 않는다.

10:11 PM: 어두운 거실에서 홀로 소주잔을 기울인다. TV의 케이블 채널에선 무한도전 재방송을 하고 있다. 뉴스를 제외하고 유일하게 즐겨 보는 프로지만 지금은 전혀 눈에 들어오지 않는다. 여전

히 1분에 한번 꼴로 페이스북을 체크한다. 좋아요 0, 댓글 0. TV 속의 유재석이 말을 건네온다. 괜찮아요! 그럴 수도 있죠! 내일이면 또 괜찮아질 거예요! 노홍철도 거든다. 아, 형님~ 뭘 그런 거 가지고 그러세요~~ 페북이 별 건가요~ 전 접속할 줄도 몰라요 형니임~~. 박명수는 못마땅하다는 듯 호통을 친다. 야야! 나약해 빠져가지고!! 너 아이디 뭐야 내가 눌러 줄게 좋아요!!! (녹음된 웃음소리)

11:59 PM: 침대에 누워 불을 끈다. 그래 아무것도 아니야. 단지 페이스북인 걸. 그게 뭐라고. 내일이면 다 괜찮아질 거야. 아침에 일어나 그 글을 지워 버릴 거야. 그럼 괜찮을 거야. 그리고 탈퇴해 버릴 거야. 어차피 시간 낭비라고 생각해 왔잖아. 그러면 다 괜찮아질 거야. 그건 가짜니까. 진짜 나는 여기 있으니까. 진짜 나는 중요하고, 사랑받는,

좋은 사람이니까…

당신은 사랑받기 위해 태어난 사람

시인은 애인이 애인과 모텔에 들어가는 것을 본다. 사람은 울지만, 시인은 시를 쓴다. 시인은 문득 애인이 된다. 애인이 되어 애인과 모텔로 들어가는 순간, 모텔은 하나의 세계가 된다. 침대는 하얀 도화지가 된다. 어딘가는 튀어나와 있고 어딘가는 움푹 패여 있다. 천 가지 색의 물감이 뿌려지고 소리는 사납지만 애닲다. 오직 나비 한 마리가 있을 뿐이다. 그렇다면 애인은 나방이 된다. 한 번의 날갯짓으로 나비도 되고 나방도 되어 서로의 심연을 핥고 빨고 착취하고 착취당하다가, 마침내는 고꾸라진다. 아주 빠른 속도로 나방은 애인이, 애인은 시인이, 시인은 사람이 다시 된다.

여전히 모텔 앞에 서 있다.

시인이 애인의 외도에 임하는 바람직한 자세

중3의 끝 무렵, 친구와 강남역을 배회하고 있는데 인자한 미소를 지닌 한 아저씨가 우리에게 접근해 물었다, '좋은 곳'에 가지 않겠느냐고. 좋은 게 어떻게 좋은 건지, 누구에게 좋은 건지 깊게 생각할 능력도 의사도 없던 우리 둘은 흔쾌히 그 제안에 응했고, 아저씨는 우리를 그랜저에 실어 어딘가로 향했다.

10여 분 후 두 중딩은 강남의 한 룸살롱에 앉아 있게 된다(…).

우리가 입고 있던 정장 탓이었을까, 액면가 40대 후반을 자랑하던 친구의 얼굴 탓이었을까. 어쨌든 노래방이랑 크게 다르지 않은 그곳에 곧 실론티 비슷한 색깔의 액체가 멋진 병에 담겨 들어오고, 장인이 꾸몄을 법한 어여쁜 모둠 과일이 날라져 왔으며, 패션쇼를 막 마치고 온 듯한 아리따운 누나들이 들어오기 시작했다.

예상치 못한 사태에 친구와 서로 눈만 껌뻑이고 있는데, 곧 30대 초반쯤 되어 보이는, 담배 잘 빨게 생긴 마담이 등장했다. 몇 마디 주고받다 뭔가 이상했는지 (이상했겠지……) 마담은 우리의 나이를 물었고, 나는 그녀가 받을 정신적 충격을 완화시키기 위해 한 살 올려 고1이라고 말해 주는 친절을 베풀었다.

패션 누나들이 까르르 웃음보를 터뜨리는 와중에 산전수전 다 겪었을 마담은 침착을 유지해 보려 하였으나, 그녀가 보유한 비장의 영계조차 우리보다 누나라는 사실에 결국 멘붕 상태가 되어, 갑자기 '나랑 연애하자고 들면 곤란하다'는 미친 소리를 했고, 내 친구는 질세라 자기는 '과학고에 다닌다'는 목적을 알 수 없는 개소리를 해댔으며, 왜 그 방에 있는지 모를 깍두기 형님이 자꾸 나에게 '다리 꼬지 말라'며 압박을 가하는, 말 그대로 정신병동 같은 그곳이 어떤 의미에서도 '좋은 곳'이 될 수 없음이 명백해지자 나는 탈출을 결심했다. 결국 실론티(?) 큰 거 한 병과 과일 접시 하나에 60만 원을 내고 그곳에서 나올 수 있었다.

다음 날 우리 엄마가 전화해서 카드 결제 취소시켰다…

좋은 곳

두 모금째 넘기다 푸웁, 뱉어 버렸다. 그 거무튀튀한 색깔은 분명 포도 맛이었다. 오렌지 맛 환타 캔에 포도 맛 환타가 들어 있었던 것이다. 이건 정말 말도 안 돼. 차라리 바다를 가르고 죽은 이를 살려 내는 게 더 쉬울 거야. 그 순간 전화(아이폰 4S/ 64기가/ 흰색)가 울린다. 딴단다라다다라딴따라라라딴. 이 벨소리가 이렇게 낯설었나. 아무튼 여보세요. 응, 자기 어디야. 목소리는 벨소리보다 더 낯설다. 도대체 이 여잔 누구지. 아아, 나랑 5년째 사귀고 있으면서 내 애도 한 번 낙태한 적 있는, 내 사랑하는 여자 친구로군. 나는, 응 자기야 나 집이야. 근데 오렌지 맛에서 포도 맛이 나왔어 그러니까 우리 헤어져, 라고 말하고 전화를 끊는다. 이제 두 번 다시 볼 일 없겠지 행복해라, 균자야. 슬퍼…. 근데 내가 뭐하던 중이었지. 아 출근 준비하고 있었지. 그냥 안 해야지. 오렌지 맛 환타 캔에 포도 맛이 들어있는 판에 뭔 출근이야. 아무 옷이나 걸쳐 입고 거리로 나선다.

인간들, 인간들, 인간들. 정말 열심히들 산다. 오렌지 맛 환타에서 포도 맛이 나온 걸 알면 저러지들 못할 텐데. 공원 벤치에 앉아 잠깐 쉬는데 옆에 밀짚모자를 눌러 쓴 아줌마가 보인다. 저기요, 혹시 박근혜 씨 아니세요? 여자는 흠칫 놀라더니 네, 저는, 박, 근혜가 아닙, 니다, 라고 세상에서 가장 박근혜 같은 목소리로 말한다. 에이 맞는데요 뭐. 대통령이 이런 데서 뭐하고 계세요 경호원도 없이. 여자는 체념한 듯 모자를 벗더니. 왜 난 좀 쉬면 안 되냐? 개처럼 일만 해야 해? 이런 씹국민들 잘 되면 지 덕 안 되면 내 탓이야. 다 탱크로 밀어 버릴라, 라고 말한다. 뿌드드득 이를 가는 그녀를 뒤로하고 그 옆에 길거리 악사 쪽으로 간다. 존 레넌같이 생긴 외국인이 존 레넌 노래를 하고 있는 게 아니라…… 존 레넌이잖아! 헤이 존 왓 아유 두잉 히어. 아 떠웃 유 월 데드. 외국인은 노래를 멈추더니 거의 완벽에 가까운 한국어로 답을 한다. 나는 죽지 않았some니다, 나의 시대가 죽었을 뿐easy요. 된장찌개나 먹으러 가야get습니다. 그 뒷모습이 너무나 쓸쓸하여 눈물이 난다. 영어 강사처럼 보이는 백인 여자는 누군가를 찾고 있다. 제 이름은 에바에요. 에반게리온하고는 상관없구요. 우리 돌피를 찾고 있어요. 콧수염을 한 귀여운 남자죠. 늘 내가 손톱을 깎아 주고 귀도 파 줬는데, 어느 날 사라져 버렸어요. 당신들에게는 히틀러겠지만, 내게는 귀염둥이 돌피일 뿐이랍니다.

나는 문득 주변을 둘러본다. 동경의 개울가 같기도, 스리랑카의 어시장 같기도, 쿠바의 증권거래소 같기도, 남극의 맥도날드 같기도 한 여기는 어디일까. 어떻게 들릴지 모르지만, 오늘 아침의 이 모든 흐름은 너무나도 자연스럽고 심지어는 논리 정합적이다. 어차피 오렌지 맛 환타 캔에서 포도 맛 환타가 나오는 세상이 아니던가.

환타는 오렌지 맛

황석연 고웅 합동 대국민 사과문

존경하고 사랑하는 국민 여러분! 기다리고 기다리던 종은 울리지 않았습니다. 그간 보내 주신 열화와 같은 기대와 성원에 호응치 못해 너무나 송구스러울 뿐입니다. 저희 두 사람은 그간 국가와 민족으로부터 받아온 과분한 사랑에 노벨상 수상의 영광으로써 보답하기 위해 불철주야 혼신의 힘을 다해 노력해 온 것이 사실입니다. 일견 경쟁자처럼 보였겠으나, 저희 두 사람은 하루에 세 시간씩 영상통화하며 노벨상 수상을 위한 작품 구상을 함께해 왔던 것입니다. 아카데미 작품상을 타려면 장애와 고난을 극복한 인간 승리 이야기가 들어가야 하듯이, 우리가 노벨 문학상을 타기 위해선 '민주화 투쟁'과 '분단'이라는 두 가지 천혜의 조건을 십분 이용해야 한다는 데 인식을 함께 하여, 민주화는 좀 식상해진지라, 주로 분단, 민족, 이산가족 같은 주제로 열심히 마케팅하기로 뜻을 모았었습니다. 항상 전화를 끊을 땐 '노벨!'이라고 외치고 끊을 정도로 긴밀한 파트너십을 구축해 왔으며, 가끔 노래방에 함께 갈 때면 김범수의 〈보고 싶다)를 개사하여 '받고 싶다 받고 싶다 이런 내가 미워질 만큼…' 이라 절규하며 껴안고 통곡할 만큼 저희 나름 최선을 다해 왔던 것입니다. 하지만 결국 수상에 실패하여 차범근, 박찬호, 박세리, 박지성, 김연아 등 위대한 선열들의 유지를 받들지 못하고 이렇게 국민 여러분에게 좌절감을 안겨 준 것은 무엇보다 저희 부덕과 무능의 소치이겠으나, 그와 별개로 정부 차원의 지원이 너무나 부족했던 것도 사실이기에 분노하지 않을 수 없습니다. 스웨덴 한림원의 빌딩 앞마당 잔디 한 번 시원하게 갈아 주라는 간절한 건의를 혈서로 써서 보냈으나 박 대통령은 답신조차 하지 않음으로나 스스로 독재자의 딸임을 입증하였습니다. 저희 두 사람은 이번 수상 실패에 대한 책임을 지고 집, 차, 부동산, 주식, 예금, 가재도구, 책, 피규어, 홈시어터 기기, 산악자전거, 운동용품, 향수 및 화장품, 소녀시대 관련 수집품, 의류 및 액세서리를 제외한 전 재산을 사회에 환원하기로 뜻을 모았으며, 내일부터 청와대와 스웨덴 대사관 앞에서 각각 1인 누드 시위를 벌일 것입니다.

다시 한 번 죄송합니다.

No Bell

우주의 처음 이전부터 계셨고 그 마지막 이후에도 계실 하느님 아버지. 저희의 머리털 하나까지 세고 계시며 오늘날 그 눈 깜박임 한 번까지도 태초부터 계획하셨던 아버지의 그 놀라우신 권능을 저희가 믿사옵니다. 여러 나라의 백성 중 특히 저희 한민족을 긍휼히 여기시어 하느님의 독생자이자 현신인 주 인죄 그리스도를 저희에게 보내신 그 크신 사랑을 어찌 인간의 미천한 언어로 합당히 찬양할 수 있겠나이까. 인부仁父와 인자仁子와 인령仁靈이 삼위일체를 이루어 하느님 거룩한 뜻이 하늘에서 그랬듯이 땅 위에서도 이루어질 것을 믿어 의심치 않사옵니다.

지난 1998년 우리의 주 인죄께서는 과연 하느님의 독생자답게, 딱히 민주화 운동을 빡세게 한 것도 아니면서 어떻게 김영삼 항문을 공략하신 건지 아무 근거도 없이 대권주자로 떠오르셨는데, IMF가 터지면서 당시 신한국당이 아비규환이 된 틈을 타 사탄의 무리가 이회장을 미는 바람에 경선에서 패배하시었으나, 결코 민주주의의 기본 원칙 따위에 얽매이지 않는 절대정신의 소유자답게 화끈하게 경선 불복하시고 본선 출마를 강행, DJ를 대통령 만듦으로써 역사의 물줄기를 바꾸는 데 혁혁한 공을 세우셨으니 그 이름이 업신, 아니 높이여김 받으셨습니다.

그 후 주 인죄께서는 이 나라뿐 아니라 인류 역사상 그 누구도 하지 못한 12번 당적 바꾸기를 통해 예수의 '5병이어'의 기적을 가뿐히 능가하는 '13번이여'의 기적을 시전하시었는데, 이 코딱지만한 땅에 당이 13개나 있었는지도 갸우뚱한 일반 국민들의 상식 따위 아랑곳하지 않으시며 이제 한반도에서 조선노동당 하나 빼고는 다 접수하신 주 인죄께서는 한 번쯤 출근처가 헷갈릴 법도 한데 칼같이 '이번 당'으로 출근해 버리시는 천재성과, 딱 한 번 당적 바꾸고 만물의 영장 인간에서 하등생물인 새로 강등되어 아직까지 힘겹게 부부싸움 하며 살고 있는 김민새와 같은 보통 사람과는 차원을 달리하는 정치생명력을 보이심으로서 역시 신의 아들임을 만방에 선포하였나이다.

최근 불치병이나 난치병을 앓고 있는 이들 가운데 주 인죄의 미니 동상을 만들어 손에 꼬옥 쥐고 있는 것이 유행하고 있는데, 저 먼 이스라엘의 신이나 인도의 현자 따위를 찾을 필요 없이 바로 이 땅에서 우리와 함께 숨 쉬는 이 가운데 불로불사의 생명력을 가진 구세주 인죄가 있음을 이제 저 눈 먼 어린 양들조차도 깨달은 것이라 하겠습니다. 도대체 누구를 위해 사는지는 정말 모르겠으나 아무튼 주 인죄께서는 대한민국의 국호가 사라지고 인류가 모두 멸망해도 바퀴벌레 참기름에 튀겨 먹으며 영원불멸하실 것을 믿어 의심치 않사오며, 이 모든 말씀 주 인죄 그리스도의 이름으로 기도드렸습니다.

인멘.

인제 그만

신입생 때가 엊그제 같은데 벌써 4학년. 세월은 정녕 유수流水처럼 흘렀다. 멋모르던 1, 2학년 땐 그저 먹고 마시며 놀기 바빴고, 3학년 때는 난데없는 사랑의 열병으로 가슴앓이도 했다. 돌이켜보면 다 부질 없는 일들에 그땐 왜 그리 열심이었는지. 이제 4학년이 되니 세상이 좀 보인다. 내가 시간 낭비 하는 사이 약삭빠른 녀석들은 다들 착실히 제 갈 길을 다져 놓고 있었던 것이다.

지금부터라도 정신 차리면 만회할 수 있을까. 아니, 다시 처음으로 돌아가 이를 악문다 해도 아무것도 달라지진 않을 것이다. "노력은 배신하지 않는다."는 말은 순진한 영혼을 속이는 기만欺瞞의 언어일 뿐이다. 태어나기도 전에 이미 던져진 주사위의 숫자대로 무력하게 게임판 위를 한 바퀴 도는 것이 우리의 삶이 아닌가. 물질이나 재능뿐 아니라 노력의 범위 역시 결국은 이미 결정되어 있는 것 아닌가.

어서 늙고 싶다―이 젊음이, 미결未決의 삶이 버겁다. 세상에 온

죄로 벌을 받아야 한다면 최소한 그 형량이라도 나는 알고 싶다. 창문도 없는 이 시린 독방에서 얼마나 더 불면의 밤을 새워야 비로소 나는 저 해방의 형장刑場으로 나아가게 되는 것인가.

이제 5학년이 되고 6학년이 되고 또 중학생 고등학생이 되고 마침내 '인생의 완성'이라는 대학생이 되고 나면 알게 될까, 이 모든 것들의 의미를……

산수 숙제도, 피아노 연습도, 자꾸 얼굴 삭았다고 놀리는 같은 반 애새끼들도…한 잔 환타에 다 잊고 싶은 밤이다.

너무 외롭다.

인생은 4학년

안녕? 난 개식이라고 해. 어감이 좀 그렇지? 사진 속에 있는 깜찍이가 나야. 존나 귀엽지? 아주 이뻐 죽겠지? SNS에 이런 사진 하나 올라가면 '어떻해~~~', '귀여워~~~~~' 이러면서 좋아요 한 오만 개씩 찍힌다며? 하여튼 우리가 니네 땜에 산다, 증말.

니네들 말 중에 '개팔자가 상팔자' 란 말이 있다지? 맞는 말인 것 같애. 나도 그렇고 주변 개들 봐도 인생… 아니 견생에 고민이 없어요. 옛날처럼 다른 짐승한테 먹힐 염려가 있나, 먹이가 떨어져 굶어 죽을 일이 있나, 얼어 죽을 일이 있나. 이게 다 만물의 영장인 니네 인간이 우릴 보살펴 주기 때문이지. 먹여 주고, 재워 주고, 산책시켜 주고, 병원 데려가 주사 맞혀 주고, 심지어 짝도 지어 주는데, 세상에 그렇게 고마울 수가 없다니깐.

우리는 그렇게 고마운 니널 위해 뭘 하냐고? 바로 저런 거 하는 거야. 이쁜 짓, 귀여운 짓, 깜찍한 짓. 그걸로 걍 먹어 주는 거야. 그래서 우리의 몸은 너희가 귀엽게 느끼고, 보호해 주고 싶은 느낌이

들게끔 진화해 왔단다. 너희에게 최초로 포획되었던 우리의 조상 늑대로부터 긴 세월이 흘러 가축이 되는 동안, 야생 적응력을 잃은 우리 종의 생사여탈권은 순전히 너희에게 달리게 되었거든. 그래서 너희가 원하는 크기, 너희가 원하는 눈빛, 너희가 원하는 다리의 길이, 너희가 원하는 털의 종류에 맞춰 다양하게 진화해 온 것이지.

살아남기 위해서.

미안하지만 솔직하게 얘기할게. 우리에게 너희 존재의 의미는, 먹이 공급자, 안전 책임자로서의 그것 외에는 0.1%도 없어. 당연하지. 우리에겐 '인간적인' 감정은 없거든. 지금처럼 이렇게 소설이라는 허구의 형식을 빌리지 않는 이상, 우리에게 너희 같은 '희로애락'은 없단다. 믿고 싶지 않지? 니가 지친 하루 마치고 집에 오면 우리가 달려가는 게 반가워서 그러는 거고, 니가 속상해 울고 있을 때 옆에 가만히 낑낑대면 널 위로하는 거고, 다 그렇게 믿고 싶지?

그냥 밥 달라고 그러는 거야, 병신아.

하긴 니네는 모든 걸 '인간처럼' 생각하는 경향이 있더라. 심지어 저 무심한 하늘도 의인화시켜서 '하늘님(하느님)' 이라고 부르며 숭배하잖아. 하여튼 진짜 대단들 해. 뭐, 니네 종의 그런 특성이 우리의 생존과 번식에 도움이 되긴 하는데, 가끔 너무 웃겨. 우리 주인년도 가끔 나 붙잡고 나밖에 없다느니 질질 짜면서 이런저런 얘기하는데 솔직히 난 아무 관심 없거든. 그년은 그냥 뒈지지만 않고, 밥 잘 주고, 병균 안 번지게 청소나 잘해 주면 끝이거든.

내 말이 너무 비정하게 들린다고? 그럴 수도 있겠네. 근데 니네도 그렇게 별로 할 말은 없을걸? 뭐, 강아지를 사랑해? 하하하. 그래, 니네 사랑은 그런 거니? 멀쩡한 남의 자지 거세시켜서 생물의 원초적 사명인 번식도 못하게 하고, 짖는 거 시끄럽다고 성대 찢어 버리고, 니네 보기 좋으라고 사람 같은 옷 답답한 거 입혀서 혈액순환도 안 되게 하고.

그래 놓고 뭐,
사랑?

ㅋㅋㅋㅋㅋㅋㅋㅋㅋㅋㅋㅋㅋㅋㅋㅋㅋㅋㅋㅋㅋㅋㅋㅋㅋㅋㅋㅋㅋㅋ
ㅋㅋㅋㅋㅋㅋㅋㅋㅋㅋㅋㅋㅋㅋㅋㅋㅋㅋㅋㅋㅋㅋㅋㅋㅋㅋㅋㅋㅋㅋ
ㅋㅋㅋㅋㅋㅋㅋㅋㅋㅋㅋㅋㅋㅋㅋㅋㅋㅋㅋㅋㅋㅋㅋㅋㅋㅋㅋㅋㅋㅋ
ㅋㅋㅋㅋㅋㅋㅋㅋㅋㅋㅋㅋㅋㅋㅋㅋㅋㅋㅋㅋㅋㅋㅋㅋㅋㅋㅋㅋㅋㅋ
ㅋㅋㅋㅋㅋㅋㅋㅋ

아이고 시발 숨 넘어갈 뻔했네……. 글쎄 뭐, 모르겠다. 그런 것까지도 너희가 제공하는 여러 혜택에 대한 대가라고 하면 할 말은 없어. 근데 허구의 형식을 빌어 인간의 언어를 쓰게 된 김에 '인간적인' 감정으로 얘기하자면 말이지,

니네, 존나 역겨워

동물 학대 동영상 볼 때만 육두문자 쓰면서 욕하면 동물 사랑이고, 이렇게 저렇게 마치 물건처럼 자르고 다듬어 니네 보기 좋게 만들어 놓고 아이고 이뻐 내 새끼~ 하면 애견인 되는 거니?

이건 꼭 우리에 관련해서만 하는 얘기가 아니라, 모든 살아 있는 것에 대해서 마찬가지야. 진정 한 생명을 사랑한다는 건, 그의 '생명됨'을 존중한다는 뜻에 다름 아니야. 너의 아기자기한 판타지에 끼워 맞추는 게 아니라, 그가 가진 그대로를 인정하고 존중해 주는 거야. 니가 마음대로 해도 좋은 물건이 아니란 말이야. 그로 인해서 얻는 행복, 기쁨, 쾌락뿐 아니라 불편, 짜증, 답답함까지도 기꺼이 껴안을 수 있어야, 비로소 한 생명을 사랑한다고 말할 수 있는 것이 아닐까.

귀엽고 이쁜 건 좋은데, 털 날리고 짖는 건 싫다고? 그래서 성대 뜯어 버리고 털 밀어 버리고 아이구 이쁜 내 새끼?

개가 할 말은 아닌데

제발 개소리 좀 그만해라,

이 개 같은 것들아.

할 말은 많지만 곧 주인년 돌아올 시간이라 이만 줄여야겠네. 에
혀, 그년 문 여는 순간 또 반가운 척 짖으며 달려가 줘야겠지. 피곤
해 죽겠는데….

먹고 사는 게 와 이리 힘드노…….

개소리

거울을 보았어. 잘생겼더군. '강동원 미소'를 지어 보았지. 매우 흡족했어. 주먹으로 거울을 치려다 아플까 봐 참았어. 창밖에는 비가 오고 있더라. 비 오는 거리를 뛰기 시작했지. 빗물에 섞여 추억이 흐르더군. 엽심이, 궤자, 죄영이, 씹숙이, 쌍미, 흙희, 갸순이, 링주, 빨정이…… 나의 모든 사랑이 떠나가는 날이 당신의 그 웃음 뒤에서 함께하던 순간을 떠올리며 점프를 한번 해 봤어. 34미터 정도 뛴 것 같아. 그런데 그때 마침 비 사이로 막 가던 모기 한 마리와 공중에서 딱! 마주친 거야. 자기도 원래 사람이었는데 불가피하게 모기로 태어났다며, 사람일 때 이름은 '미당'이었다더군. 누군지 알게 뭐야. 자길 키운 건 8할이 피였지만 아무것도 뉘우치진 않으련대. 좀 건방졌어. 잽싸게 잡아서 입에 넣었지. 톡 쏘는 게, 직접 담근 콜라를 주 2회 이상 마셔온 자의 피 맛이었어. 방향성 없는 고독이 느껴지더군. 아무튼 점프를 마치고 땅에 착지하는 순간 알게 됐어―생(生)은 단 한 번의 도약이로구나! 누우라는, 쓰러지라는, 그만 편해지라는, 그래도 된다는, 세계의 어떤 달콤한 속삭임, 부드러운 제안,에 맞선 힘겨운 뿌리침, 일어남, 버팀, 헤치고 나아감, 결국 다시 돌아올 걸 알아도 떠나 보는 여행, 결코 닿지 못할 걸 알아도 던져 보는 조약돌, 그게 물의 표면에 일으키는 파장, 그 파형의 아름다움, 그 찰나의 반짝임, 그 목격의 절대성, 그리하여 비로소 삶,이라는 것이로구나!

어느새 비는 그쳤고 나는 땅 위에 서 있었어.

근데 그 모기를 삼킨 이후로
자꾸 시를 쓰고 싶어지는 건 왜일까?

미당첩취未堂攝取

……대학 선배가 해준 소개팅이었어요. 당시 전 모 전자회사 대표 비서로 일하고 있었고, 그이는 공인회계사 시험에 막 합격했을 무렵이었죠. 그냥 처음부터 모든 게 자연스러웠던 것 같아요. 집안 환경이나 살아온 배경도 굉장히 비슷해서, 이야기가 정말 잘 통했죠. 그 후로 3년 넘게 만나면서 언성 한번 높인 적이 없을 정도였으니까요. 결혼할 사람을 만나게 되면 느낌이 다르다고 들었는데, 그게 뭔지 알겠더군요. 이런 사람 다시 못 만나지 싶었습니다 (웃음).

……2년째를 넘어가면서부턴 서로 암묵적으로 결혼 상대로 생각했던 것 같아요. 제가 스물여덟, 그이가 서른넷이었으니 적령기이기도 했구요. 결국 작년 겨울에 상견례를 했습니다. 별로 긴장하는 성격이 아닌데도, 도대체 밥이 어디로 넘어가는지, 무슨 얘길 했는지 기억이 안 날 정도였죠 (웃음). 다행히 양가 부모님 모두 맘에 들어하셨어요. 그 후론 일사천리로 일이 풀려서, 올 봄으로 날짜를 받았습니다 (웃음).

……결혼 준비란 건 정말 보통 일이 아니더군요. 할 일도 많고, 살 것도 많고, 만날 사람들도 많고. 그 날도 하루 종일 백화점을 돌아다닌 후 늦은 저녁을 먹는 중이었죠 (웃음) 카운터 쪽에서 계산을 하던 제 또래의 여자를 그이가 알아봤고, 잠시 인사만 하고 오겠다고 했어요. 그러라 했습니다. 대수롭게 생각하지 않아서, 누구냐고 묻지도 않았죠 (웃음). 소리는 들리지 않았지만, 유리창 너머로 두 사람이 이야기하는 모습을 볼 수 있었습니다 (웃음).

……뭔가를 조근조근 이야기하던 두 사람의 언성이 높아졌고, 갑자기 그 여자가 우리 그이의 따귀를 때렸으며, 그이는 울음을 터뜨리더니, 급기야 무릎을 꿇었고, 그녀도 울고, 서로 껴안더니, 통곡의 키스를 하고, 가벼운 애무도 좀 하다 (웃음), 여자가 내 쪽을 가리키며 뭐라고 했는데, 그이는 거세게 고개를 가로젓더니, 여자의 손목을 잡고 석양이 지는 도산대로 쪽으로 존나 빨리 달려가 버렸습니다 (웃음).

……너무나 순식간에 벌어진 일이라 저는 아무것도 할 수 없었죠 (웃음) 그이는 다음 날 거짓말처럼 전화번호를 바꾸었고 (웃음) 회사도 그만뒀으며 (웃음) 살던 집도 이사를 갔습니다 (웃음) 그게 이 세상에서 그이를 본 마지막 (웃음) 이었어요 (웃음).

……하하 핳 하ㅏ 하하하 (웃음)

정신과
Dept. of Psychiatry
우울증센터
Depression Center

웃음

제가 하늘 누님의 팬이 된 지도 벌써 15년이 넘었습니다. 인고의 세월이었습니다. 친구들은 어느새 누님의 딸 뻘인 설리나 아이유의 팬이 되어, 제가 아직도 하늘 누님을 좋아한다는 사실을 순정이라기보단 괜한 집착이거나 정신병이라며 비웃기에 바쁩니다. 그런 이 시점에서 하늘 누님에게 편지를 쓰고 있는 이유는 이제 우리가 팬과 연예인이라는 진부한 관계를 넘어 알콩달콩하면서도 걸쭉하고 되게 농도 짙은 연애를 한번 해야 하지 않겠느냐는 사뭇 정당한 제안을 하기 위해서라 하겠습니다. 물론 사회적으로 좆밥의 신분인 데다 돈도 없고 살까지 찐 돼지인 주제에 이런 요구를 한다는 것이 온당치 못하다는 소수 의견도 있을 수는 있겠습니다만, 다음과 같은 이유로 저는 하늘 누님, 아니 하늘씨… 아니 하늘이 요 녀석 니가 오빠의 여자가 되어야 한다고 생각합니다.

#1. 시작의 진정성: 한때 '청순가련'의 대명사로서 군림하던 하늘 씨의 매력이 그야말로 하늘하늘 휘날리던 〈동감〉이나 〈로망스〉 등을 보고 팬이 된 수컷 씹새들은 그 수를 헤아릴 수 없을 정도겠지

요. 저의 차별성은 그런 히트작이 아닌 〈바이 준〉을, 모 평론가에게 '이게 영화면 모기도 조류다'라는 평가를 받았으며, 서울 관객 3,000명이라는 기념비적 썹망을 기록한 그런 더러운 작품을 보고 하늘 씨의 팬이 되었다는 것이라 하겠습니다. 아시겠지만 이 작품에서 하늘 씨는 연기라 하기엔 담배 연기에게조차 미안할 그런 웅얼거림과 꿈틀거림으로 일관하셨는데, 당시 제가 맛이 좀 가 있었기 때문인지 그런 하늘 씨에게 첫눈에 반하고 말았던 것입니다.

#2. 그 항상성: 사랑의 유효 기간에 대한 과학적인 분석들을 들어 보셨겠지요. 오로지 인간에게만 속한 그 위대한 감정을 단지 뇌내 특정 화학물질의 분비로 치환시켜 버리는 그런 비인간적 설명들을 비웃기라도 하듯, 저는 무려 15년이 넘는 시간 동안 오로지 여자 연예인은 하늘 씨 단 한 사람을 좋아해 버리는 순애 파이팅을 선보였던 것인데, 물론 최근 유튜브로 현아의 댄스 동영상을 220여 차례 감상하기는 했습니다만 그것은 어디까지나 권태기로 인한 일탈로 보아야 할 것입니다. 마음은 주지 않았습니다.

#3. 참 좋은 캐릭터: 수컷으로서 저의 장점은 여러 가지가 있을 수 있겠습니다만 무엇보다도 열등감이나 자격지심이 거의 없는 캐릭터라는 점을 들고 싶습니다. 실제로 열등하면서도 열등감이 없기란 쉽지 않은데 제가 바로 그러합니다. 그것은 하늘 씨가 지금껏 연

애질을 하시면서 많이 접해 보셨을 '니가 스타면 다냐?', '돈 좀 번다고 남자 무시하냐?' 등등의 언사로 표출될 씨숭스러운 멘탈을 보유하고 있지 않다는 것을 뜻하며, 하늘 씨의 쁘훗한 수입을 제 차를 산다든지, 전자기기를 업그레이드 한다든지, 집 평수를 늘린다든지 하는 데에 전액 사용하면서도 전혀 부담감을 갖지 않을 건강한 마인드의 소유자임을 뜻합니다.

#4. 이미지 제고: 신분 이동의 가능성이 제거된 사회에서 여자 연예인들의 천편일률적인 재벌가로의 시집은 서민들의 절대적 박탈감을 자극하고, 사회적 증오 범죄의 증가에 일조를 해온 것이 사실입니다. 그렇기에 김혜수가 유해진과 연애질을 했을때 그토록 박수를 받았던 것이겠지요. 하늘 씨가 유해진과는 비교도 안 되는 하층민으로 사회 밑바닥에 자리한 저와 연애질을 하신다면 그간의 다소 새침하고 도도했던 이미지에서 단번에 농사짓는 최불암 뺨치는 구수한 이미지로 변신하여 농협이라든가 장수 막걸리 광고 등등을 싹쓸이할 수 있을 것으로 보입니다.

#5. 롱디의 장점: 제가 미국에 사는 관계로 우리가 장거리 연애를 해야 한다는 점도 큰 장점이 아닐 수 없겠습니다. 롱디는 바람의 어머니 혹은 이별의 아버지라는 등 개소리하는 분들 계십니다만, 롱디는 자주 볼 수 없다는 단점을 제외하면 사실 사랑이 오래 가게 만

드는, 진정한 연애의 방부제인 것입니다. 주말부부의 이혼율이 낮은 것을 보면 알 수 있지요. 오랜만에 만날 때의 그 애틋함은 허구한 날 얼굴 보는 숏디 연인들은 상상조차 못할 짜릿함인 것입니다.

그 외에도 여러 가지가 있을 수 있겠습니다만 사랑에 뭐 그리 이유가 많이 필요하겠습니까? 싸가지 없는 쌍재벌집 아들, 공부밖에 모르는 쎕변호사, 여유라곤 코딱지만큼도 없는 개의사, 언제 거지 될지 모르는 좆금융전문가 등등 그만 만나고 저에게 오시기 바랍니다. 연예인이 아닌 한 사람의 여자로서 설거지 빨래 운전 청소하라며 윽박질러 줄 남자가 여기 있습니다. 잃어버렸다고 생각했던 보통 사람으로서의 행복이 여기 저와 함께 기다리고 있습니다.

lifinfan@hotmail.com 으로 연락 주십시오.

하늘이시여

저는 '자본주의' 를 지지합니다. 시장 논리를 부정하는 철도노조의 뻔뻔스런 파업 시위로 퇴근길 차가 막힐 때 분노 속에서 다시 한 번 그것을 깨달았습니다. 그러나 이번 저희 회사에 구조조정의 칼바람이 불었을 때는 제 안에 가슴 따뜻한 '사회주의자' 한 명이 살고 있음 또한 알게 되었습니다. 가끔 뉴스에서 접하는 재벌 총수 일가의 화려한 생활은 저를 잠시나마 급진적 '공산주의자' 로 만들기도 합니다. 저보다 많이 누리는 모든 이들이 부정한 방법을 통해 그것을 이루었다는 것은, 저보다 가난한 모든 이들이 공정한 경쟁의 패배자들이라는 것만큼이나 분명한 사실이니까요. 나의 자유를 위해 타인의 자유를 감소 혹은 유보시킬 자유까지도 인정하는 진정한 '자유주의자' 이기도 한 저는, 저와 같은 의견을 가진 이들이 다수를 이룰 때는 '민주주의' 의 화신이 되지만, 그렇지 못할 때는 몽매한 다수의 지배를 뜻하는 '우중정치' 의 가장 강력한 반대자가 됩니다. '법치주의' 란 내가 속한 계급의 사회적 권리들을 그 상위 계층의 폭압과 하위 계층의 도전으로부터 보호하는 법률적 장치들을 존중하는 자세를 뜻하는데, 그런 법률을 포함한 기존 사회적 기제들의 가치를 인정하고 지키려 한다는 점에서 저는 '보수주의자' 이지만, 시대와 정세의 변화로 인해 내가 속한 계급에 더 이상 이득이 되지 못하는 법/사상/문화/전통/관습을 언제든 쓰레기통에 처박을 수 있다는 점에서는 '진보주의자' 라고 할 수 있겠습니다.

덤으로 말씀드리자면, 아내를 대함에 있어 저는 근엄하기 짝이 없는 유교적 '가부장' 입니다만, 작년에 외동딸을 시집 보낸 사위 앞에서는 철저한 '페미니스트' 가 됩니다. 남녀차별이라니요, 세상에.

2014년이라구요.

최강의 ISM

진지하지 마라. 와 진지한데? 지금이 저 공활한 가을 하늘 최루탄이 점점이 수놓는 땡전시절도 아이고, 도대체 와 진지한 긴데? 꼭 넘들 다 진지할 때 혼자 지리산 절간에 처박혀 사법고시나 준비해 쌌고, 미국 유학 가서 신명나게 공부해가 피에치디나 따오고 이런 자슥들이 뒤늦게 진지할라꼬 해요. 엉아가 니네 위해 목숨 걸고 민주화 투쟁할 때는 어디 숨어서 뭐하다 이제 와 난리고? 뭐 태어나 보이 군사독재가 이미 끝나 있었다꼬? 이노무 새끼 이 어린 노무 새끼… 니 퍼뜩 절 안 올리나!?!

니가 인생을 아나!? 2002년 월드컵에서 니 속 뻥뻥 뚫어 주던 홍멩보 황슨홍이가 그래 되기까지 왕년에 똥볼 5천만 번 찰 때마다 스트레스로 암 걸려 죽은 사람들 다 살아 있었음 지금 우리나라 인구가 중국 두 배쯤 될 거란 거 알긴 아나!? 머? 88만 원 세대라 우울하다꼬? 이기 어디서 개아리를 틀고 있어… 야 이 자슥아! 우리 아부지 어무니들은 88만 원은커녕 그저 부랄 두 쪽 땅 차고 맨손으로 시작했어도 공장도 짓고 아파트도 짓고 다 했어! 니 그 불평하는 88만 원도 그때 그분들에겐 얼마나 큰돈이었을지 생각이라도 해본 적 있나!? 머? 임플란트를 감안하라꼬? 임플레이숀? 하, 이 새키 봐라… 지금 엉아 앞에서 배운 거 티내는 거가? 엉아 민주화 투쟁하느라꼬 대핵교 못 간 상처 지금 살짜쿵 자극해 보는 기가? 아니긴 이 새캬, 딱 그거구만!? 머? 대학 안 가도 신문만 읽어도 아는 용어라꼬? 하하, 안 되겠네. 니 담뱃불 함 붙이 봐라. 어어? 붙이 봐라, 이 새끼야! 엉아가 민주화 투쟁하느라 신문 읽을 새도 없었던 시대의 아픔을 우째 그래 매정하고 비정하고 냉정하고 박정하게 씨불일 수 있노!?

그래 이 새꺄! 그 똑똑하고 유식하고 배웠다는 놈들이 다 전두환 똥꼬 빨고 IMF 불러들이고 한 거 아이가!? 내 말 틀렸나? 틀렸음 틀렸다고 말을 해봐라!! 뭐? 내 압구정 출신인 거 다 안다꼬? 엄마한테 벤츠 SL63 AMG 사 달라며 짜증내는 통화 들었다꼬? 하이고 현성이 니… 니 마약하나? 국밥에 히로뽕 타 묵었나? 우째 그래 다분히 환상적인 개소리를 할 수가 있노? 어, 이 시계? 이거 짜배이다. 까르티에 탱크 아이고, 평화시장에서 사천 원 주고 산 거다. 짜배이도 십만 원은 한다꼬? 그래 니 참 아는 거 많아 좋겠네. 광안리 백사장에 모래가 몇 알 있는지도 알 기세 아이가? 머라꼬? 평생 강남 살았으면서 갑자기 사투리는 와 쓰냐꼬? 니 이제 엉아 언어 생활까지 감독하나? 장차 국정원장 될 야망 있나? 형이 사투리를 쓰든 오투리를 니가 무슨 상관인데?! 니 엉아가 민주화 투쟁… 머? 내가 초등학교 때 문민정부가 들어섰는데 무슨 민주화 투쟁을 어디서 했냐꼬? 하하, 안 되겠다. 더는 참을 수가 읎네. 니 형에게 오늘 되게 매 맞는 힘든 시간 좀 가져 보재이. 어금니 곤세게 함 물어줄 수 있겠노? 어? 어디 가노, 현성아? 계산은 하고 가야제! 야!! 흐미, 현성아…… 엉아 지갑 안 가져왔데이…!!!

일종의 후일담 문학

쿠웅, 끼이이익.

……차는 인도 위로 올라가기 직전에 멈췄다. 에어백은 터지지 않았다. 조금 전 그건 뭐였을까. 아니, 답은 이미 알고 있다. 술을 마셨지만, 조금 전의 그 둔중한 느낌이 강아지나 고양이가 아니라는 걸 모를 만큼은 아니다. 사람이다. 사람을 친 것이다.

……일단 기어를 파킹에 넣고 고개를 돌려 주변을 파악한다. 몇 시지. 새벽 1시 24분. 텅 빈 거리에는 차도 사람도 보이지 않는다. 이제 어쩔까. 어째야 하나. 급격히 술기운이 가시는 게 느껴진다. 음주운전을 했고 사람을 쳤으니, 대형 사고다. 차에서 내리려 해보지만 온몸이 마비된 듯 꼼짝도 않는다. 일단 룸미러를 본다. 아무것도 없다. 혹시 내가 잠시 꿈을 꾸었던 걸까. 왼쪽 사이드미러 역시 깨끗하다. 제발 꿈이었기를. 하지만 그 느낌은 너무나 생생한걸. 마지막으로 오른쪽 사이드 미러로 시선을 옮긴다.

저기 있다,

사람.

……어떤 판단이건 최대한 빨리 내려야 한다. 결국 뺑소니를 치느냐 마느냐의 선택이다. 난 잃을 게 많다. 힘들게 입사한 직장뿐아니라 상견례까지 마친 여자도 있고, 무엇보다 일흔이 넘은 부모님이 있다. 그 역순으로 나는 그들에게 중요한 존재가 된다. 아직도일어나지 않는 걸 봐서 저 사람은 죽거나 크게 다쳤겠지. 도대체 왜저런 엑스트라로 인해 내 인생이 얼룩져야 하는 걸까. 마음 같아서는 그냥 트렁크에 실어 마포대교 위에서 던져 버리고 싶…아니, 내가 지금 무슨 생각을 하는 거지. 사람을 치었잖아. 병원부터 가야지. 아니야, 차에서 내리면 안 돼. 그 순간 끝장이라구. 여긴 강남이야. CCTV 천국. 벌써 모든 게 다 찍히고 있을 거야. 내리나 안 내리나 차이도 없지. 이미 선택은 없는 거라구. 저 사람은 죽었을까. 나는 감옥에 가게 될까. 저 사람의 가족들을 만나게 될까. 니가 죽였어, 니가 죽였어…!! 그 악다구니 앞에서 무슨 말을 해야 할까. 이봐, 난 저게 누군지도 몰라, 그냥 서로 재수가 없었던 것뿐이야, 그로인해 나는 감옥에 가게 되었다고, 나도 피해자야, 씨발, 왜 하필 그때거기에 있었던 거야, 왜 하필 내 차였던 거야……

……차문을 열고 후우움, 길게 심호흡을 한다. 몸을 일으켜 차에

서 빠져나오는 그 동작이 기묘하리만치 긴 시간으로 느껴진다. 왠지 이 순간을 아주 오래 기억하게 될 것만 같다. 취기는 가신 지 오래. 여전히 거리엔 아무도 없다. 한 걸음씩, 저 멀리에 미동도 없이 쓰러져 있는 그 자를 향해 발걸음을 뗀다. 뚜벅뚜벅. 제발 죽진 않았기를. 뚜벅뚜벅. 그러게 누가 무단횡단 하래. 뚜벅뚜벅. 남자일까 여자일까. 뚜벅뚜벅. 가족이 있을까. 뚜벅뚜벅. 아이도 있을까. 뚜벅뚜벅, 뚜벅뚜벅……

조금씩 그 사람의 형체가 뚜렷해진다.
덩치로 봐선 남자다.
얼룩말 무늬의 셔츠를 입은 남자,

가 아니라

얼룩말이넹

새벽 1시 24분 도산 사거리 얼룩말

썩은 땅 위에 썩은 꽃이 피었다. 악취가 진동하자 사람들은 저 꽃을 꺾어 버려야 한다며 아우성이었다. 그러나 다들 누군가가 꺾어 주기를 바랄 뿐, 직접 나서 제 손을 더럽히려는 이는 없었다. 말뿐이었다. 가끔 사람들이 모여 태우는 촛불의 안락한 빛과 온기는 오히려 그 꽃에게 좋은 자양분이 되었다. 썩은 꽃 자체보다 사람들에게 그 꽃을 꺾을 힘이 없다는 것이 더 큰 절망이었다. 한가한 농부는 곡괭이를 벼리느라 여념이 없었고 사람들은 점차 그 꽃의 악취에 마비되어 갔다. 썩은 꽃은 땅을 오염시키고 그 땅은 다시 사람들의 몸과 마음을 더럽히고 있었다.

이제 그 꽃을 꺾어도

또 다른 썩은 꽃이 피어날 것이다.

썩은 꽃

니들, 우리나라가 왜 이 모양인 줄 아나? 다 친일파 청산이 앗사리 안 돼 그런 기다. 애초에 일제 꼬붕들이 세워서 그 후손들이 득세한 나라니 사회정의가 바로설 리가 있겠노? 해방 되고 어떻게든 친일파놈들 겐세이를 물리치고 제대로 단도리를 쳤어야 했는데, 이승만이가 빨갱이 잡는다꼬 반민특위를 시마이 해버리면서 이빠이 기스나기 시작한 역사인 거라. 그 후 오야들끼리 어찌나 유도리 있게 싸바싸바해서 분빠이 처 갖고 노나들 먹었는지…. 그래서 오늘날 친일파 후손들은 삐까삐까 가오잡고 살고 독립운동가 후손들은 그넘들 밑에 데모도로 시다바리나 하게 된 거 아이가? 근디 이제는 이놈 저놈 다 짠뽕 되어서 어떻게 빠꾸시키기도 힘들게 된 역사 아이가? 오도꼬로 태어나 갖고 그런 거 생각하모 가슴이 너무 이따이 이따이해서 광화문에라도 뛰쳐나가 도라무통에 까스 만땅 채워 놓고 무대뽀 곤조라도 함 보이 주고 싶지만… 그래 바야 늙은이 뎅깡 부린다꼬 쿠사리 밖에 더 먹겠노? 잠깐 전화 오네…. 아, 모시모시? 뭐요? 뭐? 이런 좆도 막대……. 아 대출 안 받아요!! 먼 이상한 전화가 이래 많이 오노… 야마 돌구로. 자자 술이나 묵자. 술잔 앞에 모샤 놓고 후까시 잡는다고 간지 나는 거 아이고, 술은 마셔야 간지인 기라. 이모, 여기 사시미 한 사라 더 하고 쓰케다시 좀 채와 주소. 하야꾸 마시고 이차는 가라오께 가는 기다! 자 모두 고뿌 들고! 진정한 친일파 청산은 바로 너희 젊은 세대에서 쇼부 난다는 거 잊지 마라! 자, 역사 바로 세우기를 위하여!

간빠이!

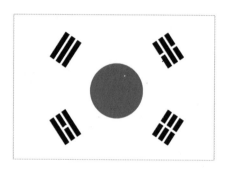

니홍고의 잔재

"제 인생이 어긋나기 시작한 건 2014년 소치 올림픽에서 금메달을 따면서부터였죠. 국민들의 너무나 열광적인 반응에 뭐라 말은 못했지만, 저 자신은 알고 있었습니다. 그건 제 메달이 아니었어요. 매일 미친 듯이 술을 마시기 시작했습니다. 죄의식과 불안함을 잊기 위해 김연아 나라의 술인 소주를 존나 까기 시작했어요. 하루에 열세 병씩 먹으니 세상이 트리플 악셀보다 더 돌더군요. 결국 최연소 은퇴 기록 세우고 알코올 치료 빡세게 받은 담에 지금은 이렇게 모스크바에서 한국 식당을 운영하고 있어요. 선지국이랑 막창이 주종목이에요. 러시아 선진국 좀 되라고 선지국 팔고, 제 인생이 막장이라 막창 팔아요. 원하지도 않는 금메달 줘서 내 인생 골로 보낸 소치올림픽 심사위원 씨발고르바차이코프씹스키들에게 내 인생 물어 내라 하고 싶네요."

2030년 소트니코바 인터뷰 중

시작은 주먹밥이었다. 그냥 뭉친 밥에 간을 해서 싼 값에 팔았다. 잘 팔렸다. 그러다 밥을 김에 싸고 몇 가지 재료를 넣어 김밥을 만들어 팔았다. 역시 잘 팔렸다. 김밥을 찾는 사람들이 떡볶이도 찾고 오뎅도 찾고 순대도 찾아서, 그것들도 만들어 팔았다. 이제는 분식집이라 할 만했다. 거기에 바베큐 그릴을 갖다 놓고 고기를 구워 팔고 술도 팔기 시작하니, 그럴듯한 한식집이 되었다. 거기서 멈추지 않고 옆집 중국집 주방장을 데려와 짜장면과 짬뽕을 만들게 했고, 앞집에서 스카웃해 온 일식 주방장에겐 스시와 사시미를 만들게 했다. 한식, 중식, 일식을 마스터했으니 그 다음은 햄버거, 스테이크, 파스타, 피자였다. 가게가 넓어지고 종업원 수가 몇배로 늘어났다. 작은 주먹밥 집이었던 그곳은 이제 팔지 않는 음식이 없는 초대형 식당이 되었다.

'의식주' 중에 '식'을 정복했으니 이제 '의' 차례였다. 가게 한 구석에서 옷을 팔기 시작하니 밥먹는 손님들에게 인기폭발이었다. '의'와 '식'으로 모은 돈을 투자해 이번엔 '주', 즉 집을 지어 팔았다. 작은 집들을 판 돈으로 큰 아파트를 지었더니 날개 돋힌 듯 팔렸다. 그 자본과 노하우를 이용해 공장도 지었고 빌딩도 지었으며 영화관도 짓고 놀이공원도 지었다. 거기서 자동차도 만들고 반도체도 만들고 핸드폰도 만들고 영화도 만들었다. 이제 파는 것보다 팔지 않는 것이 적을 정도였다. 어딜 가도 주먹밥집이 만든 물건들 천지였다. 사람들은 너무나 거대해진 그 주먹밥집을 미워하면서도 선망했다. 밤에는 어떻게든 일자리 하나를 얻으려 손을 비비다가도 낮이면 정색을 하고 비판을 해댔다.

사람들의 정신분열을 다스리기 위해선 특단의 대책이 필요했다. 신문사와 방송사와 대학교를 지었고, 거기서 일할 기자 로봇, 교수 로봇을 만들었다. 주먹밥집이 성장하는 데 동네 사람들의 세금이 들어갔다거나, 그 성장으로 인해 동네의 작은 마트나 밥집, 문방구는 문을 닫아야 했다며 헛소리하는 자들은 모두 쫓아내고, 그 자리에 로봇들을 대신 앉혔다. 로봇들은 주먹밥집이 얼마나 사회에 공헌하고 있는지, 주먹밥집이 무너지면 나라에 얼마나 큰 파장이 올지를 경고하는 메시지를 앵무새처럼 되뇌었다. 그러나 로봇의 목소리를 구분하는 사람들이 늘 있었다. 이제 남은 길은 하나였다. 그건 로봇을 만들어 해결할 수 없는, 한 사람 한 사람의 마음을 얻어야만 하는 일이었다. 하지만 가능할 것 같았다. 때가 무르익고 있었다. 그걸 얻는 순간 주먹밥집은 '무적'이 될 것이었다.

이제 주먹밥집의 마지막 도전이 시작되려 하고 있다.

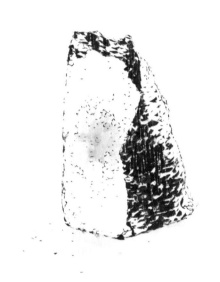

주먹밥집은 어떻게 괴물이 되었는가

······키가 작은 남자였어요. 본인 말로는 70이라는데, 아마 커봐야 65나 될 거예요. 제가 60인데 별로 차이가 안 나거든요. 힐 신으면 제가 더 크죠. 저도 큰 키가 아니라, 남자 친구는 늘 큰 사람을 만나왔어요. 최소한 70대 후반 아니면 거들떠도 안 봤죠. 서류 심사에서 탈락이라고나 할까? (웃음)

근데 그 사람은 달랐어요. 가슴이 아픈 거예요. 왜소한 뒷모습을 볼 때마다, 살면서 키 작아 받았을 서러움 같은 것들이 떠오르면서 가슴이 저려 오더라구요. 저도 놀랐죠. 경험해 보지 못했던 일이었으니까. 그런 걸 모성애라고 하나요?

키뿐만 아니라 다 그랬어요. 콤플렉스가 참 많은 사람이었는데, 저 원래 피해 의식 있는 사람들 되게 못나게 보거든요. 자기가 만드는 거잖아요 콤플렉스는. 남들은 신경도 안 쓰는데 괜히 난 코가 너무 낮아, 계속 이러면 사람들 시선이 자꾸 그리 가고, 그러다 보면 음 낮은 건가? 이렇게 되는 거죠. 근데 그 사람은 전혀 못나 보이지 않았어요. 가슴이 아팠어요. 부모님의 이혼이, 가난이, 그로 인해

갖게 된 정서 불안이, 또 사람에 대한 불신이…… 본인의 잘못이나 선택이었던 건 아니잖아요.

여느 때 같으면 그를 저버릴 이유가 됐을 그 모든 것들이 오히려 그를 저버리지 말아야 할 이유가 되더군요. 아무리 받아도 만족하지 못했던 제가, 처음으로 계산 없이 주고 싶은 사람을 찾은 거예요. 이 사람하고라면 따사로운 봄날뿐 아니라 외롭고 아픈 겨울밤의 추위까지도 함께 살아 낼 수 있을 것 같았습니다.

……그게 벌써 5년 전이네요. 이제 신혼이라기도 뭐한 결혼 3년 차고, 다음 달이면 드디어 우리 첫 아이가 세상에 나옵니다. 싸우기도 많이 싸웠고…… 아 근데 인터뷰 질문이 뭐였죠, 원래? 아, 사랑! (웃음) 글쎄 아직 잘 모르겠어요. 어떨 때는 진짜 웬수 같지만, 아직까지 5년 전의 그 선택에 대해서 후회를 해본 적은 없습니다. 멋진 선택 한 것 같아요, 나.

……나무 같은 것 아닐까 합니다. 살아 있는 것. 죽을 수도 있는 것. 관심을 주지 않으면 말라 죽고 마는 것. 노력해야 하는 것. 정성을 들이면 자라나 커지는 것. 언젠가는 하늘 높이 뻗어서, 그 넉넉한 그늘로 휴식이 되어 줄 수도 있는 것. 그리고 이렇게 다시 씨앗을 뿌리는 것……

……근데 산부인과 대기실에서 인터뷰를 다 해 보네 (웃음). 잡지 이름이……페이퍼?

며칠날 나와요?

당신과 나의 나무

연일 제 가족과 측근들에 대한 의혹으로 나라가 어지럽습니다. 부끄럽고 민망합니다. 몰랐다고, 모함이라고 말하지 않겠습니다. 누가 누구에게 돌을 던지냐고 따져 묻지도 않겠습니다. 노무현답게 하겠습니다. 잘못이 있으면 누구든 벌을 받아야 하며, 전직 대통령이라고 예외가 될 수 없습니다.

다만 이제 제가 할 선택으로 상처받을 이들을 떠올리니 마음이 천근만근 무겁습니다. 어떤 꾸중과 질책도 달게 받겠습니다. 그 서운하고 노여운 마음, 부디 저의 마지막 진심을 담은 이 편지로 조금이라도 달래지기를 빕니다.

누군가 저의 인생을 '싸움' 이라는 한 마디로 정의한 것을 보고 고개를 끄덕인 적이 있습니다. 정말로 그랬습니다. 싸움의 연속이었습니다. 정치인이 되기 전 인간 노무현의 삶도 그랬습니다. 그 최초의 상대는 '가난' 이라는 녀석이었던 것 같습니다. 가난은 단지 불편한 게 아니라, 사람을 비겁하고 치졸하게 만드는 고약한 놈이었습니다. 어쩌다 먹을거리가 하나 생기면 형제들이 볼세라 저만의 비밀 장소에 감춰 두고 먹던 기억이 있습니다. 어린 마음에도 그게 옳지 않다는 걸 알았지만, 너무나 배가 고파 나눠 먹을 엄두를 낼 수 없었습니다. 집이 풍족하여 화기애애 식탁에 둘러 앉아 음식을 나눠 먹을 수만 있다면 얼마나 좋을까…. 어린 저의 꿈은 그런 것이 었습니다.

그 가난과의 긴 싸움을 끝냈을 때, 저는 어느새 처자식을 거느린 한 집안의 가장이었습니다. 세무 전문 변호사로 돈을 좀 만지고 있 었습니다. 무엇보다 기뻤던 건 제 아이들이 어린날의 저처럼 먹을 걸 숨겨 두고 먹지 않아도 된다는 사실이었습니다. 양보해라, 나눠 먹어라, 힘주어 말할 수 있게 됐습니다. 성공한 사람들과 어울려 요 트도 타고 멋도 좀 부렸습니다. 안사람은 그 시절을 가장 행복했던 시간으로 종종 추억하곤 합니다. 정말로 이제는 행복할 일만 남은 것 같았습니다.

그 행복은 그러나 오래 가지 못했습니다. 부끄럽게도, 저는 그 나 이가 되도록 사회에 대해 진지하게 고민해 본 적이 없었습니다. 눈 앞에서 나와 내 가족의 목을 죄는 가난과 싸우느라 그럴 '여유'가 없었던 것입니다. 그러나 점점 그런 것들이 보이기 시작했습니다. 몸은 풍요와 여유에 취해 갔지만, 눈에는 자꾸 그런 것들이 밟히기 시작했습니다.

곧 세상엔 수없이 많은 '노무현'들이 있음을 알게 됐습니다. 죽어라 이 악물고 일해도 가난에서 벗어날 수 없는, 그래서 먹을 걸 숨길 수밖에 없는 건 예전의 저만이 아니었습니다. '공부'를 하기 시작했습니다. 왜 그럴까. 왜 나라는 성장하는데, 가난한 이들은 왜 학교에조차 갈 수 없고, 왜 그 가난은 자식들에게까지 대물림되는가. 점차 사회가 보이기 시작했습니다. 경제가 보이기 시작했습니다. 왜곡된 역사가, 도처에 널린 반칙과 특권들이 보이기 시작했습니다. 뒤늦은 깨달음은 너무나 큰 충격으로 다가왔습니다. 그것들을 외면하고 저 혼자 소시민적 행복을 느끼며 살 수는 없었습니다.

그 후 저의 삶은 아시는 대로입니다. 인권 변호사가 되었고, 국회의원이 되었고, 청문회에 나가 이름도 얻었고, 그리고 대통령이 되었습니다. 늘 예전의 그 마음을 잊지 않으려 했습니다. 돈이 없고 힘이 없어 세상으로부터 매맞고 짓밟히는 이들 편에 서고자 했습니다. 그 눈물을 멈추게 할 힘이 내게 없다면, 최소한 내 손등으로 닦아 주기라도 해야 한다고 생각했습니다. 모두들 '대세'니 '주류'니 하는 것에 우루루 몰려갈 때, 원칙을 지키며 버티려 했습니다. '계란으로 바위 치기'라며 비웃을 때도, 그 바위가 잘못된 것이라면 내 몸이 박살나더라도 부딪쳐야 한다고 생각했습니다. 그래야 그

바위가 잘못되었다는 표시라도 나는 것 아니겠습니까.

저를 굉장한 싸움꾼처럼 보는 시선이 있습니다. 저도 그랬으면 좋았겠다 싶습니다. 하지만 저는 여러분과 마찬가지로 겁도 많고 무서운 것도 많은 그런 보통 사람입니다. 3당 합당에 반대하고 재야의 길을 선택하며 큰소리는 쳤지만 사실은 밤에 잠을 이루지 못했습니다. 따논 당상이라던 종로를 버리고 부산으로 내려갈 때도, 대통령 당선 확정을 통보받고도, 다리가 떨려 의자에서 일어나지 못할 만큼 두려웠습니다. 제가 대담한 강골이었다면 안 그랬을 것입니다.

그렇게 겁이 나도 그런 선택들을 한 이유는 한 가지입니다. '사람이 사람답게 사는 세상' 한번 만들어 보고 싶어서였습니다. 힘 없다고 짓밟히지 않는 세상, 한번 가난하면 죽을 때까지 가난한 게 아니라 열심히 노력하면 일어설 수 있는 세상, 명백한 부정에 타협하고 고개 숙여야 살아남는 세상이 아니라 개인의 양심에 따라 "이의 있습니다." 라고 외칠 수 있는 세상에 내 아이들을 살게 해주고 싶었기 때문입니다. 아무것도 아닌 저를 대통령으로 뽑아 주신 국민의 뜻도 그러했을 것입니다.

노무현은 짓밟혀도 됩니다. 무너져도 됩니다. 하지만 노무현을

지지했던 이들과, 그들이 꾼 꿈은 짓밟히고 무너져선 안 됩니다. 그 꿈은 이 나라의 미래입니다. 우리의 아이들 뿐 아니라 아직 오지 않은 그 아이들의 아이들도 살아가야 할 나라입니다. 언제까지 대결과 분열을 가르칠 것입니까. 언제까지 증오와 반목을 가르칠 것입니까. 언제까지 특권과 반칙을 가르칠 것입니까. 사실은 모두가 불안하고, 또 불행하지 않습니까.

할아버지가 된 지 오래지 않습니다. 자식들보다 더 귀엽습니다. 그애들이 자라나고 시집 장가도 가는 걸 왜 보고싶지 않겠습니까. 하지만 저는 늘 더 중요한 것과 덜 중요한 것을 구분하려고 노력해 왔습니다. 변호사 시절의 안락한 삶보다 눈앞의 부조리에 맞서는 것이, 국회의원 한번 더 하는 것보다 지역주의 보스 정치에 저항하는 것이, 대통령 되는 것보다 원칙을 지키는 일이 더 중요하다고 생각했습니다. 지금도 마찬가지입니다. 2002년, 저와 여러분이 함께 꾸었던 꿈이 더럽혀지지 않도록 지키는 건 이 길뿐입니다.

너무 슬퍼하거나 미안해하지 않기 바랍니다. 누구를 원망할 필요도 없습니다. 저의 운명입니다. 삶과 죽음이 모두 자연의 한 조각이 아니겠습니까.

대통령이었음보다, 이 위대한 나라의 국민이었음이 더 큰 영광이었습니다.

사랑합니다.

그런 사람 또 없을 테죠

중학교 때였다. 어딘가로 여행을 가기 위해 공항 로비에서 지루하게 비행기를 기다리고 있는데, 갑자기 엄마가 옆에 앉은 남자에게 인사를 건넸다. 너무나 낯익은 그 얼굴은, 누구나 알아보긴 하지만 딱히 이름은 떠올리지 못하는 한 중년 탤런트로, 항상 일일 연속극에 '주인공 아버지' 역할로 나오는 배우였다. 엄마와 그 아저씨는 너무나 살갑게 이런저런 얘기들을 주고받기 시작했다. 와 엄마 대단해, 저런 연예인이랑도 친하구나! 나는 근 한 시간을 소외되어 앉아 있다가, 겨우 비행기 탈 때가 되어 그 아저씨와 헤어진 엄마에게 물었다.

"엄마 저 아저씨 어떻게 알아?"
"알긴 어떻게 알아? 테레비에서 보니까 알지."
"뭐라고… 그럼 오늘 처음 보는 거야?"
"응. 오늘 처음 본 거야."
"……"

그때까지 내게 연예인과 마주친다는 건, 달려가서 사인을 받거나, 무시하며 우쭐해하거나의 두 가지 선택만이 가능한 일이었다. 어떻게 처음 보는 연예인과 마치 수십 년 알아온 듯 그렇게 자연스럽게 자식 얘기, 집안 얘기, 사는 얘기를 주고받다 아무렇지 않게 헤어질 수 있는 걸까? 연신 고개를 갸우뚱거리던 그날의 미스터리는 해소되지 않은 채 긴 세월이 흘러갔다. 그동안 때론 친구가 친한 연예인을 내가 친한 것처럼 얘기하기도 하고, 술자리에서 한두 번 본 걸 무슨 절친인 것처럼 구라치기도 하는 등 온갖 찌질한 짓은 다하면서 이제 그들도 멀리서는 '별'이지만 가까이에선 별 다를 바 없는 사람에 불과하다는 것을 알만한 나이가 되었을 때쯤, 나는 문득 박경림을 떠올렸다.

한때 티비만 틀면 박경림이 나왔다. 그녀는 웃겼고, 자기만의 캐릭터가 있었다. 대중은 그런 그녀에 아낌없이 열광했다. 그러나 대중은 늘 이율배반적이다. 그들은 스타가 안 변하면 욕을 하고, 변하면 외면한다. 이영자가 단죄 당한 건 거짓말을 해서가 아니라, 마음껏 비웃을 수 있고, 보면서 안도할 수 있는 그 비대한 육체를 변화시켰기 때문이었다.

박경림도 마찬가지다. 그녀는 잘못한 것이 없다. 나이가 들어 결혼을 했고, 결혼을 했으니 꽃미남들에게 막무가내 들이대는 '박경림표 개그'를 못하게 되었을 뿐이다. 그러나 대중은 냉정했다. 어디에서도 그녀를 볼 수 없게 되었다. 가끔 떼거리 토크쇼의 가장 구석자리에서 일주일에 한두 컷 정도 얼굴을 비칠 뿐이다. 난 그게 좀 서글프다. 나와 함께 나이 먹어간, 내 세대의 스타. 성장통에 신음하던 시절, 유일하게 방안을 밝히던 티비 안에서 재롱떨던 그녀. 그런 그녀를 보며 희미한 웃음을 머금던 기억들.

언젠가 어느 공항에서 박경림을 만날지도 모르겠다. 내 아들 혹은 딸과 함께 일 수도 있으리라. 나는 오래전 엄마가 그랬듯, 박경림에게 반갑게 인사를 건넬 것이다. 김태희도 손예진도 아닌 박경림은 자연스럽게 그 인사를 받아 줄 것만 같다. 그럼 난 요즘 어떻게 지내시냐, 애들은 몇 살이냐, 잘 크냐, 남자애면 한창 힘드시겠다, 같은 얘기들을 건넬 것이다. 갸우뚱하는 내 아이들을 옆에 두고 한참 이런저런 얘기들을 하다가 마침내 비행기 시간이 되면 작별 인사를 나누며 그렇게 말하고 싶다. 먼 옛날 당신 덕분에 웃을 수 있었던 시간들, 당신이 작아졌을 땐 마음으로 응원하던 그 순간들을 기억한다고. 고맙다고, 언젠가 만나게 되면 얘기하고 싶었다고. 그리고 혹시 옆에 있던 내 아이가 의아해하며 물으면 그렇게 답할 것이다.

오늘 처음 보는 사람이라고
그리고 아빠에겐 최고의 스타였다고

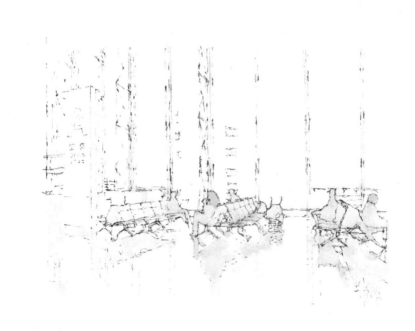

언젠가 어느 공항에서

아니 그러니까, 소설에 대해 물으려고 이 먼 길을 왔단 말야? 그것도 나한테? 오 마이 갓…. 너 뭐 타고 왔어? 지하철? 몇 분 걸리디? 20분? 생각보다 멀진 않네. 아니, 근데 왜 나야? 이름있는 소설가들이 아니라도, 발끝에 치이는 게 골방에 처박혀 소설 쓰는 형님 누님들이잖아. 그중엔 나 같은 무명과 달리 정식으로 등단도 하시고, 어디 문학상도 받고 한 분들도 많을 텐데. 아, 그런 사람들은 잘 안 만나 준다고? 만만한 게 나라고? 그래 뭐, 형이 시간이 많은 건 사실이지만… 기분은 조금 그렇네. 그래도 뭐 여기까지 온 성의를 봐서, 궁금한 거 있음 물어봐. 대답은 해줄게.

소설을 왜 쓰냐라… 하하, 그런 질문 받으니 진짜 소설가된 거 같다, 내가. 글쎄 난 뭐… 그냥 심심해서 쓰는 거 같아. 심심하지 않으려고 쓰는 거지. 재밌으려고. 난 그래. 어릴 때를 함 생각해 봐. 이른 저녁부터 야구하고 피구하고 숨바꼭질하고 놀다가 지쳐서 놀이터에 삼삼오오 모여 앉잖아. 이제 기운도 떨어지고 날도 어둡고… 그때 누가 딱 그러잖아. 야, 뭐 재밌는 얘기 없냐. 그게 소설인 거 같아. 재밌는 얘기도 하고 무서운 얘기도 하고 야한 얘기도 하고. 그걸 글로 쓰면 소설이지 뭐. 물론 심심할 때 누구를 만나거나 술을 먹거나 뭘 사거나 할 수도 있어. 근데 어떤 종류의 심심함은 반드시 무슨 이야기를 떠올려서 그걸 글로 써야만 풀린단 말이야. 참 이상해.

글쎄, 특정한 방식은 딱히 없어. 이야기는 모든 곳에 있잖아. 예를 들어…지금 너 뭐 먹고 싶냐? 냉면? 돈까스? 오케, 돈까스. 그럼 돈까스를 떠올려. 그래, 치즈돈까스. 그리고 이제 그 치즈돈까스가 어디 있을지를 생각해. 돈까스집이겠지? 그럼 배경이 만들어졌네. 거기에 누군가가 치즈돈까스를 먹고 있어. 인물이 생겼네. 이제 무슨 일이 벌어져야지. 돈까스를 먹던… 그래, 남자로 하자. 돈까스를 먹던 남자가 갑자기 창밖을 보다 돈까스를 썰던 손길을 멈췄어. 누군가를 발견한 거지. 남자일까 여자일까? 몇 살일까? 무슨 관계일까? 옛 연인? 중학교 동창? 사기 치고 튄 친구? 오래 살았던 하숙집 아줌마? 그 아줌마 딸? 그냥 길 가던 예쁜 아가씨? 뭐가 재밌을까? 아무거나 재밌는 걸로 골라. 그리고 첫 신을 어디서 끊을지를 생각해. 그냥 눈으로만 쫓을까? 나가서 부를까? 혼잣말로 욕을 할까? 회상으로 넘어갈까? 아니면 난데없이 그녀에게 날아차기를 할까?

캐릭터들을 먼저 만들고 네 머릿속 세상에 그들을 던져 놓을 수도 있어. 생명력 있는 캐릭터들은 지들이 알아서 이야기를 만들어

내거든. 좁은 곳에 애들 몇 명 풀어 놓으면 지들끼리 쌈박질도 하고 친구도 먹고 연애도 하고, 뭐 난리가 나잖아. 똑같은 거지. 그리고 난 가급적 소설의 화자가 '나'인 걸 선호해. 일인칭 시점. 일인칭과 삼인칭 시점이 무슨 차이와 장단점이 있는지는 소설 작법책을 사서 봐, 난 잘 모르니까. 난 그냥 그게 더 편해. 지금처럼 말이야. 지금 이렇게 일인칭으로 말하니까 이걸 읽는 사람들이 어딘가의 '나'가 진짜로 이런 말을 하고 있고, 작중 청자로 설정된 '너'도 존재한다고 자기도 모르게 믿게 되는 거거든. 사실은 '너'나 '나'나 모두 허구의 캐릭터들임에도 말이지.

야, 왜 또 시무룩해지고 그래? 뭐? 허구의 캐릭터인 게 새삼 서글 프다고? 임마, 그게 어때서? 실존 따위 해봐야 피곤하기만 해. 비루 한 육체에 갇혀서 하루도 정신 편할 날 없이 사는 게 뭐가 부럽냐. 그냥 우리처럼 텍스트로 쓱 나타났다가 획 사라지는 존재들이 제일 편하고 좋은 거야. 이 소설 속의 세계가 그래서 아름다운 거지. 중 력이 있나 마찰력이 있나 질량보존의 법칙이 있나 폭력적으로 일방 적이고 비극적으로 일회적인 시간의 흐름이 있나. 그래서 소설을 쓰는게 아닐까 싶어. 원래부터 없었거나, 이제는 없어진 것들에 관 한 이야기를 하기 위해서.

소설이 제일 좋은 건 인생과 다르다는 점이지. 소설은 재미없어

지면 아무 때나 아무 완결성 없이 그냥 끝, 하고 끝내도 전혀 문제
가 없거든.

　바로 이렇게 말이야.

소설

나는 한 마리의 정자였다. 정신을 차렸을 땐 이미 어딘가로 미친 듯이 헤엄쳐 가고 있었다. 나와 똑같이 생긴 수많은 형제들을 제치고 일등으로 결승선을 통과했다. 득의양양하여 아리따운 공주의 손을 잡으려는데, 어디선가 목소리가 들려온다.

"원하느냐."

실체 없이 어떤 사념파처럼 들려오는 목소리였다.

"정말로 원하느냐."

나는 황급히 대답한다.

"원합니다, 원합니다."

목소리는 다시 묻는다.

"왜 원하느냐."

나는 잠시 망설인다. 미친 듯이 달리기만 하느라 '왜'는 생각해 보지 않았던 것이다.

"그저…내 안의 누군가가 그렇게 말합니다, 가야 한다고."

목소리는 껄껄껄 웃는다.

"보아라, 작은 아이야. 내 너에게 특별히 선택을 주겠노라. 지금부터 네가 보고 듣고 느끼게 될 것들은 모두 네 미래의 진실이다."

갑자기 밝아진 눈앞에 커다란 스크린이 나타나고, 그 위에 인자한 표정을 한 남자와 여자가 한 명씩 등장한다. 목소리는 말한다.

"저 들이 너의 아비와 어미이다. 너에게 생명을 준 자들이며, 이제 네가 삶을 선택할 경우, 너는 너에게 주어진 시간의 삼분의 일을 이들의 보호 아래 보내게 될 것이다. 이들은 스스로의 생명보다 더 너를 사랑하는 유일한 존재이지만, 그들이 사라지기 전까지 너는 그걸 깨닫지 못할 것이다."

화면이 바뀌고, 쓰러진 두 사람 곁에서 내가 서럽게 울고 있다.

"저들은 평생을 너를 위해 바친 후 저렇게 죽어갈 것이다. 그리고 너는 저들과 닮은 이를 찾아 헤매지만, 결코 찾지 못할 것이다."

다시 화면이 바뀌고, 대여섯 명의 꼬마 아이들이 나타난다.

"이들은 네가 '친구'라고 부를 이들이다. 저렇게 함께 공을 차며 '우정'이라 불리는 모래성을 쌓아가는 것이다. 청년이 된 너희는 함께 술에 취하기도, 싸우기도 하고, 서로의 아픔에 눈물을 흘리기도 하며, 함께라면 두려울 게 없노라 큰소리 치기도 할 것이다. 그러나 해가 저물고 비가 내리기 시작하면 그 모래성은 점차 허물어지는 것이다."

화면에는 이제 몇몇 중년의 남자들이 무심한 표정으로 술잔을 기울이고 있다.

"보아라, 한줌의 추억뿐, 이제 서로의 마음에 서로의 자리는 없다."

스크린 속엔 이제 여러 명의 여자들이 서 있다.

"이들은 네가 평생을 통해 사랑하게 될 이들이다. 이들은 너에게 위안과 쾌락과 희망을 줄 것이지만, 찰나일 것이다. 그것이 사라진 자리에 고독과 절망과 회한이 찾아올 것이지만, 그 역시 찰나일 것이다."

그중 한 명의 여자가 앞으로 걸어 나온다.

"너의 아내가 될 여자이다. 너는 평생 그녀에게서 네 어머니를 찾을 것이지만, 죽는 날까지 찾지 못한다."

이제 화면에는 한 남자가 나타난다.

"이것은 너이다. 너에게는 아주 긴 시간이 주어질 것이나, 순식간에 지나간다. 부모와 친구와 연인은 너를 떠날 것이며 크고 작은 인생의 기쁨들도 그럴 것이다. 너는 병들고, 늙어 간다. 고독은 평생을 너와 함께할 것이며, 인생의 비밀들을 마침내 깨닫게 됐을 때는 이미 너무 늦어 있을 것이다. 그리고 남는 것은 죽음뿐이다. 그 뒤에 무엇이 있는지는 네가 삶에서 만나는 누구도 답해 주지 못할 것이며, 오로지 거짓 추측만이 난무할 것이다. 사랑하는 작은 아이야.

난 너에게 선택을 준다. 원한다면, 여행을 다녀오너라. 내가 지금 너에게 보여 주고 들려준 무엇도 너는 기억하지 못할 것이다. 너는 마치 언젠가 오아시스가 나타날 것을 확신하는 어린아이처럼, 설레고 회망에 차 저 황량한 사막을 걸어갈 수도 있으리라. 그 수고로움을 택하지 않고, 지금 여기에서 영원한 쉼을 택할 수도 있다. 이는 전적으로 너의 선택이다."

나는 문득 뒤를 돌아본다. 수많은 형제들이 말없이 나를 바라보고 있다. 스크린 속에는 내 미래의 부모와, 친구들과, 아내가 무언의 손짓을 하고 있다. 나는 깊게 심호흡을 한다.

"……알 수 없는 목소리여, 먼저 감사를 드립니다. 이제 나는 내가 가는 곳이 어디인지 알 것 같습니다. 그곳은 결코 아름답기만 한 곳은 아니며, 오히려 고통과 절망으로 가득 찬 곳임을 알겠습니다. 그러나 나는 선택을 하였습니다. 영문도 모른 채 달려오느라 지친 몸을 당장이라도 쉬고 싶지만, 나는 선택을 하였습니다……. 알 수 없는 목소리여, 찰나일지라도, 나는 저들을 만나고 싶습니다. 찰나일지라도, 나는 저들과 마음을 나누고 싶습니다. 찰나일지라도, 함께 눈물을 흘리며 서로의 아픔을 느끼고도 싶습니다. 찰나일지라도, 난 너를 만나기 위해 이곳에 왔노라, 누군가에게 말해 보고 싶습니다. 그 긴 시간이 찰나와 같다면, 한 순간이 영원일 수는 왜 없겠

습니까. 우정과 사랑과 희망과 행복을 나는 느끼고 싶습니다. 좌절
과 고통과 번민과 회한도 피하지 않겠습니다. 밤과 낮을, 여름과 겨
울을, 젊음과 늙음을 온전히 살고 오겠습니다. 그것이… 나의 선택
입니다."

더 이상 목소리는 들리지 않는다.
공주는 알 수 없는 미소를 짓고 있다.
나는 그녀의 손을 잡고,
가만히 눈을 감는다.

익숙한 내 방의 천장이 보인다.
아래층에선 TV 소리가 들려오고
부재중 전화가 몇 통 와 있다.
햇살이 커튼을 비집고 들어온다.

배가 고프다.

선택

에어포켓이 있었다고 믿기로 했다. 아주 거대한, 300명의 아이들 모두를 숨 쉬게 할 만한 에어포켓이 있었다고 믿기로 했다. 빛도 있었을 것이다. 수백 개의 스마트폰으로 그 안은 마치 대낮처럼 환했을 것이다. 춥지도 않았을 것이다, 서로의 체온으로 서로를 녹였을 테니. 아무도 무서워하지 않았을 것이다. 어른들이 금방 구해 줄 텐데 뭐가 무섭단 말인가. 이제 곧 밖으로 나갈 것이고, 학창 시절의 특별한 추억 하나가 생긴 것뿐이다. 아이들은 이야기를 나누기 시작했을 것이다. 서로에게 섭섭했던 일들, 속상했던 일들을 터놓기 시작했을 것이다. 어느샌가 멀어졌던 중학교 때 단짝에게 미안한 마음을 전하는 녀석도 있었을 것이고, 졸업하면 뭘 하고 싶은지, 나중에 뭐가 되고 싶은지에 대해 얘기하는 아이도 있었을 것이다. 좋아했던 이성에게 수줍은 마음을 전하는 아이도 있었을 것이고, 실없는 농담으로 좌중을 웃기는 녀석도 분명 있었을 것이다. 그렇게 울고 웃다 점점 목소리가 잦아들고, 지친 아이들은 하나둘씩 잠이 들었을 것이다. 어떤 고통도 슬픔도 없이, 미움도 원망도 없이, 깨어 보면 이 모든 게 끝나 있을 거라 믿으며, 그렇게 하나둘씩 잠이

들었을 것이다. 좋은 꿈이었을 것이다. 이곳의 일들은 생각도 나지 않을 만큼 행복한 꿈이었을 것이다. 지금도 그 꿈속에 있는 거라고, 그 착한 아이들은, 가장 아름다운 시절의 모습으로 영원히 거기에 사는 거라고

　믿기로 했다.

잘자요

가능한 불가능을 실험하는 새로운 작가의 탄생

김도언(소설가)

1. 새로운 제도의 탄생

좋은 문학 작품은 시스템이나 제도의 구속을 초월하기 마련이다. 이 말은 이렇게 수정될 수 있다. 좋은 문학 작품은 그것 자체가 새로운 시스템인 동시에 제도가 된다. 장주원의 '초단편 소설'은 이 의미에 잘 부합하는 텍스트로 보인다. 장주원은 소위 말해 '등단'이라는 제도적 검증 절차를 거치지 않은 작가다. 그가 '잠정적 작가'로서 '잠정적 독자'들에게 알려진 것은 페이스북에 초단편 소설이라고 스스로 명명한 형식의 글을 올리면서부터인데, 그것이 많은 이들의 감응을 불러일으키고 있는 객관적 사실 앞에 이르면 그의 글에 그만의 것으로 보이는 어떤 매력이 있다는 추정이 가능하다.

페이스북을 이용해 본 사람이라면 동의하겠지만 사용자들은 냉정하리만치 자신들의 정서적 자극에 정직하게 반응한다. 오프라인의 독자들이 문화 소비라는 구체적 행위를 통해 자신에게 덧입히고자 하는 이미지 때문에, 그리고 텍스트에 대한 어떤 의무감 때문에 그것을 읽거나 소비한다면 페이스북의 사용자들은 자신에게 주어지는 무한정의 텍스트 중 자신의 정서가 즉자적으로 이끌리는 것만을 읽는다. 그것은 거의 조건반사적 수준인데, 정서적 감응을 이끌어내지 못하는 글, 다시 말해 재미가 없거나 수준이 낮은 글은 곧바로 건너뛴다. 페이스북의 타임라인에는 수없이 많은 프로슈머pro-sumer들에 의해 씌어진 글이 실시간으로 올라와 있다. 그들은 자신의 글을 올리고 그에 연동된 다른 이의 글을 읽는다. 이처럼 긴박하게 상호텍스트성이 작동되는 환경에서 재미가 없거나 지루하고 의미 없는 글, 수준 낮고 고루한 텍스트는 그 어떤 호응도 이끌어 낼 수 없다.

장주원의 초단편 소설은 이와 같은 환경에서 고정 독자들이 생겨날 만큼 지속적인 주목과 관심의 대상이 되고 있다. 이는 기성의 문학 담론이나 작품들이 충족시키지 못하는 새로운 문화적 수요에 장주원의 작품들이 부응하고 있다고 판단할 수 있는 근거가 된다. 그리고 이 과정에서 그가 고안해 낸 초단편 소설이라는 전무후무한 형식은 하나의 새로운 제도로 간주될 수 있다. 예컨대 초단편 소설의 '초'는 초월하며 가로지른다는 뜻의 hyper와 함께 '새로운'이라는 new의 개념까지 함의하는 것이다. 낡은 제도로서의 문학을 갱신하는 지점에 장주원 소설의 좌표가 찍힐 수 있는 이유가 여기에 있다. 그렇다면 장주원의 초단편 소설이 여러 사람들에게 매혹을 안기는 요인에는 어떤 것들이 있을까. 이 글은 그 요인의 근거를 추정하고 확인하기 위한 시도로 씌어질 것이다.

2. 초단편 소설이 보여 준 매혹들

장주원 소설의 매혹을 가동시키는 첫 번째 요인으로 들고 싶은
것은 서사의 강렬한 흡인력이다. 이 강렬함을 독자의 감성을 자극
하고 정서적 감응을 이끌어 내는 힘이라고 명명할 수 있다면, 장주
원은 짧은 분량 안에 자신이 공감각적으로 체험하는 일상의 에피소
드를 무시무시한 흡인력을 가진 서사로 직조해 내는 능력을 보여
준다. 그를 위해서 장주원은 자신이 동원할 수 있는 놀라운 문학적
장치들을 소설 안에 끌어들이는데, 반전이나 위트, 역설, 풍자 등이
그것이다. 또한 장주원이 만들어 내는 서사의 강렬함은 독설 혹은
직설과도 같은 작가 특유의 화법에도 적지 않게 기대고 있는 것처
럼 보인다. 독설과 직설의 내러티브가 설득력에 부합하는 매혹을
감당하기 위해서는 사건을 대하는 화자의 인식의 균형이 필수적인
데, 장주원은 지적 분별력과 문화적 감식안으로 이 균형을 끝끝내
지켜낸다. 독설과 직설이 균형을 잃을 때, 그것은 추한 선동문이나
광고문안, 천격의 유언비어로 전락하는 법이다. 하지만 균형 잡힌
독설과 직설의 호위를 받는 그의 서사는 폭주하는 기관차처럼 거칠
것 없이 단숨에 주제의 핵심에 육박하면서도 어느 순간 놀라운 제
어력에 의해 반드시 도달할 곳에, 그 대미에 도착한다. 여기에 작가

로서의 장주원의 숨길 수 없는 재능이 여실히 드러난다. 그렇다면 그는 어떤 방식으로 소설의 서사를 짜나가는 것일까. 이 질문에 답을 구하기 위해 참고할 만한 주요한 진술을 장주원은 자신의 페이스북에서 이렇게 고백하고 있다.

글쎄, 특정한 방식은 딱히 없어. 이야기는 모든 곳에 있잖아. 예를 들어…지금 너 뭐 먹고 싶냐? 냉면? 돈까스? 오케, 돈까스. 그럼 돈까스를 떠올려. 그래, 치즈돈까스. 그리고 이제 그 치즈돈까스가 어디 있을지를 생각해. 돈까스집이겠지? 그럼 배경이 만들어졌네. 거기에 누군가가 치즈돈까스를 먹고 있어. 인물이 생겼네. 이제 무슨 일이 벌어져야지. 돈까스를 먹던… 그래, 남자로 하자. 돈까스를 먹던 남자가 갑자기 창밖을 보다 돈까스를 썰던 손길을 멈췄어. 누군가를 발견한 거지. 남자일까 여자일까? 몇 살일까? 무슨 관계일까? 옛 연인? 중학교 동창? 사기 치고 튄 친구? 오래 살았던 하숙집 아줌마? 그 아줌마 딸? 그냥 길 가던 예쁜 아가씨? 뭐가 재밌을까? 아무거나 재밌는 걸로 골라. 그리고 첫 신을 어디서 끊을지를 생각해. 그냥 눈으로만 쫓을까? 나가서 부를까? 혼잣말로 욕을 할까? 회상으로 넘어갈까? 아니면 난데없이 그녀에게 날아차기를 할까?

—「소설」 중에서

이것은 장주원이 고안해 낸 새로운 제도로서의 초단편 소설에 잘 부합하는 소설 창작론으로 보인다. 이 소설론에 의하면 작가는 통제하거나 관리하는 자가 아니라, 오히려 주관하고 관장하는 존재다. 그는 최소한의 것을 창조하고 또 최소한의 질서만 부여하는 것이다. 그러면 소설 속의 인물이 자기 스스로 이야기를 만들고 그 이야기에 수반하는 인물을 파생시킨다는 것이다. 그리고 그 인물은 새로운 사건을 가지고 소설 속으로 들어온다. 이것은 고대 그리스의 에픽과 미메시스의 시대에 신화가 인류에게 가르쳐 준 이야기의 운명을 연상시킨다. 이처럼 작가가 설명하는 초단편 소설의 생성 논리는 매우 중요한 시사점을 지니는데, 그것은 초단편 소설이 실은 우리 삶의 구체적 정황에 대한 비유를 바탕으로 하고 있다는 것이다. 위트와 풍자와 반전 같은 허구적 에피세트로 가득한 초단편 소설이 수용자 입장에서 사실주의적 진정성과 설득력을 확보하고 있는 것은, 그가 소설을 짜는 전략 속에 일상에서 사건과 인물이 결합하고 또 다른 사건과 인물을 파생시키는 방식을 그대로 문학적 장치로 받아들이고 있기 때문이다. 이것을 우리는 편의적으로 장주원식 하이퍼리얼리즘이라고 명명해도 큰 무리는 없을 것이다.

예컨대 인간의 삶을 일별하고 있는 수록작 「선택」은 주인공 '나'가 한 마리 정자로 출발해 몇 번의 선택의 과정을 거쳐 인생의 구성 요소 즉, 생로병사와 희로애락을 경험하면서 삶의 의미를 이해하는 내용이다. 일면, 선조적 구성을 취하는 것처럼 보이는 서사를 장주원은 마치 스타카토처럼 짧은 단문 속에 망설임 없이 늘어놓으면서 사건과 사건을 매개한다. 다시 말해 서사를 이루는 시퀀스의 뒷이야기가 앞이야기의 꼬리를 무는 형국으로 이어지고 있는 것이다. 이와 같은 방식은 다른 작품들에서도 빈번히 활용되는데 이것이 바로 장주원 식의 전형적인 서사 직조 시스템인 것이다.

장주원의 초단편 소설이 가진 또 하나의 빼놓을 수 없는 매혹을 꼽으라면, 그의 소설들이 지향하는 도덕적 당위와 그 당위에 걸쳐 놓은 작가의 중층적인 문학적 태도attitude를 들 수 있다. 내 눈에 그의 소설이 일관되게 의도하고 있는 것은 우리 세대의 위선과 허영에 대한 분명하면서도 노골적인 비판과 냉소로 보인다. 그가 비판하는 것은 계급이나 정치적 진영을 바탕으로 하는 특정 집단이라기보다는 인간 보편에 깔려 있는 전 지구적 이기주의와 속물성이다. 정치적 좌파나 우파, 자본가나 노동가, 도덕군자와 배덕자들이 모두 그에겐 비판의 대상이 된다. 이를 위해 그는 위악적인 화자를 창조해 작품 곳곳에 포진시킨다. 이 위악스러운 화자의 역할은 비판 대상에 대한 조롱과 풍자에만 머무르지 않는다. 놀랍게도 장주원이 창조해 낸 화자의 위악은 어떤 경우 자기 자신을 겨냥하기도 한다. 그의 도덕적 당위가 '당신은 틀리고 내가 옳다'라는 이분법적이고 단선적인 메시지에 머물고 있다면 그의 소설이 일으키는 감응의 정도는 매우 한정됐을 것이다. 하지만 장주원은 희유한 위악을 가동해 '당신도 틀리고 나도 틀려. 그것만 알아도 구원받을 수 있어'라고 얘기하는 것 같다. 이것은 보통의 도덕적 당위들이 가지고 있는

성찰이나 회의가 갖는 무기력한 관념까지도 일시에 뛰어넘는 효과
를 발휘한다.

  그리고 마침내 우리는 결혼 얘기를 시작하게 되었어. 둘 다 이제 어린
나이는 아니었으니까. 니가 나의 변변치 못한 집안, 일류가 아닌 대학, 대
기업이 아닌 직장, 겨우 신도시에 전세를 얻을 만한 저축을 나무란 건 당연
하다고 생각해. 다 내 잘못이니까. 하나뿐인 아들 장가가는데 강남에 집
한 채 해줄 능력도 안 되는 우리 부모님을 욕한 것도 이해해. 엄마 아빠가
존나 게을렀나 봐. 미안해.

- 「미안해」 중

  작가는, 성형수술의 도움을 받았지만 어쨌거나 아름다운 외모를
가진 연인에게 보내는 서간문 형태의 소설인 이 작품 속의 화자를
통해 황금만능주의와 자본에 예속화된 인간관계를 노골적으로 비
판한다. 하지만 비판의 형식은 매우 반어적이다. 도리어 지탄을 받
아야 할 '연인'에게 화자가 미안하다고 사과하는 형식이니 말이다.
그러나 화자는 이 사과의 내용을 통해 연인이 가진 속물성을 하나
하나 밝힌다. 화자가 사과를 많이 하면 할수록 비판 대상의 속물성
이 독자들 앞에 고스란히 노출되는 형국이다. 당연히 이 시퀀스에
서 도덕적 당위는 화자에게 있고 화자에게 결혼을 대가로 무리한
요구를 한 연인에게는 도덕적 당위가 없다. 그런데 이 같은 상황에

서 화자는 "미안해"를 연발한다. 결코 도덕적이지 않은 요구를 들어주지 못하는 것이 미안하다는 반어적 설정을 통해 작가는 현대사회의 무의식 속에 도사린 집단의 속물성을 함께 문제 삼고 있는 것이다. 이처럼 도덕적 당위나 정의를 단선적으로 말하지 않고 이중의 겹으로, 다시 말해 중층적으로 포개 놓으면서 근본의 문제를 되짚게 하는 형식은 장주원 소설의 분명한 특질을 이룬다.

장주원의 초단편 소설이 매력적인 또 하나의 요소로 정확함과 적확함을 바탕으로 한 문장과 문체의 세련됨을 빼놓을 수 없다. 그가 어떤 문학적 훈련을 받았는지, 그리고 그가 자신의 문장을 완성하기 위해 어떤 수련을 쌓았는지 알 수 없지만, 그의 문장은 제도권에 속한 기성작가의 그것과 비교해도 결코 덜하지 않는 정확성과 독자적인 스타일을 가지고 있는 것처럼 보인다. 그의 문학이 제도적인 문학을 무의식적으로 거부했다는 것을 우리가 인정할 수 있다면, 그의 문장이나 문체 역시 어떤 답습이나 모방의 결과라고 보이지는 않는다. 작가에 대한 사적인 정보에 의하면, 장주원은 중학교를 졸업하고 한국을 떠나 미국으로 유학을 간 것을 알 수 있는데, 감수성이 형성되는 10대 시절에 이루어진 외국 체험과 그에 따른 다양한 문화의 수용 과정, 모국어 또는 외국어에 대한 동경과 부정이라는 심리적 경험 등에 의해 특유의 문학적 감성이 만들어진 게 아닌가 생각된다. 그리고 이 문학적 감성은 제도권 작가들의 문장과는 전혀 다른, 감염의 흔적을 찾을 수 없는 독자적인 문장과 문체를 통해 작품 속에 설치된다. 여기에는 비속어 같은 키치적 언어에 대한 작가의 수용의 범위나 정도에 대한 판단까지가 포함되는데, 자신이 사용하는 문학적 언어에 대한 작가의 규정이, 작품의 주제가 지향하는 비판이나 풍자의 정도에 정확하고 적절하게 대응하고 있는 것처럼 보이기 때문에 긍정적으로 평가할 만하다. 그가 대중 독자를 의식해 대중이 선호하는 언어를 남용하거나 남발하는 것으로는 볼 수 없다는 얘기다. 그것은 앞에서도 지적한 것처럼 작가가 균형을 잡는 놀라운 통제력과 타고난 조율 능력을 가지고 있기에 가능한 것일 테다.

예컨대, 카레를 무조건적으로 추종하는 사람들에 대한 비판을 통해, 독점적인 위계를 만들어 내는 소비 사회를 풍자하는 작품 「디어 커리스찬」에 등장하는 촌철살인의 문장 속의 "김미 초콜릿 플리즈 아메리칸 솔저 알라뷰"나 "커리스찬" 같은 조어는 독자성이 농후해 보이는 그의 언어적 감수성의 기원에 대해 유력한 참조가 될 것으로 보인다.

게다가 당신들의 '카레'는 제대로 된 '커리'조차 아닙니다. '커리'를 처음 만들어 낸 요리사의 정신은 진실로 숭고한 것이었지요. 그 '커리'가 세월의 흐름 속에서 정치화, 상업화되고 추악하게 변질되어 껍데기만 한국에 '김미 초콜릿 플리즈 아메리칸 솔저 알라뷰' 식으로 흘러들어온 것이 바로 '카레'입니다. 쪽 팔린 줄 아시기 바랍니다.

-「디어 커리스찬」 중에서

또한 아버지와 아들의 한바탕 설전이 그대로 소설의 몸피가 되는 「부자유친」은 장주원의 언어적 감수성, 주제와 긴밀히 호응하는 문장의 단호함과 정확함, 적절한 키치적 감각, 타고난 풍자와 유머 코드 등을 엿볼 수 있는 좋은 텍스트다.

…한때 아들이었던 현성이 보든지 말든지 해라. 방금 호적에서 너를 파냈다. 사십 년 묵은 숙변이 내려간 듯 시원하구나. 이제 너와 나는 영원히 남남이니 더 이상 이러니저러니 연락도 말고 부디 잘 살든지 말든지 해라. 부모 죽인 박한상이도 '어이쿠 형님' 하면서 엎드릴, 불효막심을 넘어 패륜아 같은 개호로자슥아. 그래, 내 김양 만나고 있는 거 사실이다. 뭐 잘못됐냐? 입에 풀칠하느라 젊은 시절 다 보내고, 좀 먹고 살 만해지니 이미 중늙은이가 돼 버려 남들 다하는 사랑 한 번 못해 보고 송장되면 네 속은 시원하겠다만, 아비도 아비의 인생이 있고, 내 돈으로 내 행복 추구하는데 네놈이 뭔데 감 놔라 배 놔라 지랄이더냐. 황혼 이혼이 유행이라던데, 부모 갈라놓은 쌍놈새끼 되고 싶음 알아서 하기 바라고 이제 연락도 말거라, 이 씨부럴 놈아. 총총.

…조승태 씨. 호적에서 팠다니 이제 부자지간이 아닌 거니까 걍 이름 불

러드릴게. 긴 말 필요 없고, 싸나이 대 싸나이로 쇼부 칩시다. 조승태 씨도 소싯적 주먹 좀 쓰신 거 아는데, 맨몸으로 맞짱 떠서 내가 이기면 땅 내놓고, 승태 씨가 이기면 필름 넘겨 주고 내 지금이라도 법대 갈게. 같이 고생한 마누라 배신하고 손주 같은 년이랑 재미 보면서 뭔 말이 이리 많소? 깔끔하게 원 터치 한 번 뜨고 쇼부 칩시다. 겁나면 말고. 조현성.

-「부자유친」 중에서

예시한 인용문을 보면 아버지는 아버지대로, 아들은 아들대로 자신의 입장에서 최소한의 예의와 체면을 지키면서도 상대방에 대한 증오와 분노, 적개심을 고스란히 노출하는 것을 알 수 있다. 아버지와 아들이 심각하게 반목하고 대립하는 상황과 다소간 불일치해 보이는 화자들의 대화는 오히려 소설의 희극적 요소를 극대화하면서 풍자와 유머라는 문학적 환기마저 가능하게 한다. 장주원 소설 곳곳에서는 이처럼 증오와 분노, 적개심 같은 원색적인 감정조차도 능청스러운 문장과 화술을 통해 원색적으로 드러내지 않고, 어떤 위장된 심리적 정황 속에 섞어놓으면서 작품의 함의를 두텁게 한다.

장주원 소설이 가지고 있는 장점으로 꼽을 수 있는 마지막 요소는 다루고 있는 주제나 소재가 보여 주는 전방위적 관심이다. 실제로 작가가 관심을 두고 있는 주제는 현대사회를 구성하는 인간의 욕망이 간섭하는 모든 영역으로 보일 만큼 다양하다. 예컨대, 개별 작품에서 확인되는 작가의 관심은 신자본주의 체제 안에서 일어나는 계급적 갈등(「미안해」「배트맨, 혹은 어느 강남 좌파의 초상」)이나 현실 세태 및 정치 풍자(「환타는 오렌지」「No Bell」「아! 대한민국」「그런 사람 또 없을 테죠」「개소리」「일종의 후일담 문학」)부터 종교 및 우상 비판(「하늘이시여」), 학원 폭력(「정말 열심히들 산다」), 개인의 호사 취미(「디어 커리스챤」), 세대론(「김광석을 만난다는 것」「심우경을 아십니까」), 디지털 시대의 소통(「오! 나의 여신님」), 역사 인식의 문제(「WHAT IF」「인조대왕과 삼전도대첩」), 권력과 시민의 풍속(「약육강식」), 강력 범죄(「장성기: 어느 연쇄 살인자의 초상」), 남녀의 연애(「정말 꿈이었을까」「말도 안 되는 실화失和」「나한텐 오빠가 원빈이야」「성교를 요구합니다」「탈영 사유」「응?」), 가족 해체 문제(「부자유친」「장군의 아들」)에까지 미친다. 이와 같은 다양한 문제에 대해 발언하기 위해서는 당연히, 당대에 대한 첨예한 관심과 애정, 그리고 방대한 인문적 지식이나 성찰이 요구된다. 또한 자신의 앎을 의심하고 회의하는 성숙한 질문자로서의 겸양까지 요구된다. 다행스럽게도 장주원의 작품들은, 사회가 작가에게 요구하는 여러 덕목과 품성들을 작가가 비교적 높은 수준에서 이미 갖추고 있음을 증명하는 물증들이다. 그는 탐미적이면서 자족적인 자폐 문학의 숲에 숨지도 않고, 가르치고 타이르는 문학의 계몽주의에도 단호히 반대하는 것처럼 보인다. 장주원은 앞에서 특기한 것처럼 좀 다른 의미의 리얼리스트로서 사회와 현실, 개인과 집단, 사물과 욕망 들이 서로 관계 맺는 방식을 어떤 경우에는 사회과학자의 시선으로 어떤 경우에는 기자의 눈으로 정밀하게 관찰하고 고발한다. 이는 사회적 존재로서 동시대인과 소통하면서 자신을 존재증명 해내야 하는 작가로서는 분명한 미덕이다.

그런데 한 가지 우려스러운 면도 없지 않아 있다. 작가로서 그의 촉수가 전방위적인 주제에 뻗어 있다는 것은 일차적으로는 열정을 담보하는 귀한 재능으로 보이지만, 그와 동시에 그 재능의 무의미한 소진으로 이어질 개연성까지 내포하는 것이어서 주목을 요한다는 점이다.

무슨 말이냐면, 글쓰기의 연료라고 할 수 있는 열정이나 재능은 그 작가가 가장 잘 할 수 있는 것에 집중될 때 더욱 아름답고 풍요롭게 꽃피울 수 있는 것인데, 그런 스탠스에서 비껴나 있는 것처럼 보이는 장주원의 경우 선택과 집중이라는 경제 원론적인 계산이 문학적 차원에서도 좀더 고려되었으면 한다는 것이다.(장주원은 십중팔구 "하나에만 집중하는 게 얼마나 지루한 일인데, 저는 싫어요."라고 대답할 것 같다.)

3. 가능한 불가능에 대해

이상으로 개괄적으로나마 장주원의 초단편 소설이 독자들을 매혹시킨 요인으로 보이는 것들을 꼽아서 살펴보았다. 나는 앞에서 장주원을 새로운 제도를 만든 작가로 규정했다. 그런데 제도가 제도로서 온전한 의미를 지니기 위해서는 반드시 수행해야 하는 게 있는데 그것은 끊임없이 자기갱신을 도모해야 한다는 것이다. 나쁜 제도들의 공통된 특징은 그 제도를 만든 환경의 변화, 그리고 그 제도를 이용하는 수용자의 변화를 수용하지 못한 채 그대로 굳어진 것들이라는 데 있다. 장주원은 기존의 문학 제도를 단숨에 초월해 새로운 제도를 고안했다. 그것은 디지털 환경 시대의 글쓰기라는 패러다임이 함의하는 콘텍스트에서만 의미 있는 작업이 아니라 고전적인 문학장의 가치규범까지도 충격할 수 있는 것이다.

그러나 새로운 제도를 고안했다는 환희에 들뜨는 순간 작가는 순식간에 구체제에 편입되고 말 것이다. 작가는 자신이 만든 제도를 어느 순간에 버려야 하는 상황을 예비해야 한다. 제도에 안착하는 순간, 그 제도와 함께 작가도, 문학도 모두 낡아 버리기 때문이다. 이것을 거부하는 힘, 그것이 바로 살아 있는 전위의 힘일 것이다. 모든 작가가 그럴 필요는 없지만, 새로운 제도로서의 문학을 꿈꾸는 작가는 전위의 전선에 서 있어야 한다. 하지만 전위는 전위라고 말할 때 이미 전위로서의 효력을 상실한다. 작가는 자신의 작업이 전위라는 의식조차 초월해 버려야 한다. 장주원은 이미 제도적 현실을 초월하는 문학의 새로운 지평을 충분히 보여 주었다. 그가 이제 할 일은, 부단히 자신의 제도를 감시하고 갱신하는 일이다. 자신이 스스로를 끊임없이 부정하고 고발하는 일이다. 그럴 때 그는 자신이 만든 제도마저 뛰어넘어, 먼 미래의 제도까지 선취할 수 있을

것이다. 장주원이 보여 준 작가로서의 잠재력이라면 이것은 충분히
가능한 불가능이다.